中俄文学互译出版项目·俄罗斯文库　　少年文学丛书

Смеяться и свистеть

笑与哨

［俄］尤里·涅奇波连科　著

杨笛　译

中国国际广播出版社

《中俄文学互译出版项目·俄罗斯文库》
由中国国家新闻出版广电总局和俄罗斯出版
与大众传媒署批准，中国文字著作权协会和
俄罗斯翻译学院负责组织实施。

尤里·涅奇波连科（1956—　），俄罗斯著
名作家、艺术评论家、文化学家、生物物理
学家、物理数学博士，同时还从事果戈理、
罗蒙诺索夫的作品研究。其作品深受俄罗斯
读者喜爱，斩获了无数文学奖项。

序　言

赵振宇

"一个人其实永远也走不出他的童年"，著名儿童文学家、国际安徒生奖获得者曹文轩先生曾这样写道。另一位国际安徒生奖获得者詹姆斯·克吕斯则说："孩子们会长大，新的成年人是从幼儿园里长成的。而这些孩子会变成什么样，在某种程度上取决于那些给他们讲故事的人。"儿童文学在个人精神成长中所扮演的角色至关重要，可以说，它为我们每个人涂抹了精神世界的底色，长久影响着我们看待世界的方式。

中国本土现代意义上的儿童文学的产生和发展，在很大程度上得益于五四以来对外国儿童文学的大量译介和广泛吸收。无数优秀的外国儿童文学作品，经由翻译家之手，克服语言和文化的重重阻隔漂洋过海而来，对几代国人的精神世界产生了不可磨灭的影响。其中，俄苏儿童文学以其深厚的人文关怀、对儿童心理的准确把握以及充满诗情画意的语言滋养着一代又一代中国读者的心灵。亚历山大·普希金的童话诗、列夫·托尔斯泰的儿童故事、维塔利·比安基的《森林报》等作品，都曾在中国的域外儿童文学翻译史上留下浓墨重彩的一笔。

苏联解体后，俄罗斯社会、经济和文化等方面均发生了天翻地覆的转折与变迁，相应地，俄罗斯的儿童文学也进入了全新的发展时期。在挣脱了苏联时期"指令性创作"的桎梏后，儿童文学走向了商业化，也由此迎来了艺术形式、题材和创作手法上的极大丰富。当代杰出的俄罗斯儿童文学作家不仅立足于读者的期待和出版界的需求进行创作，也不断继承与发扬俄罗斯儿童文学自身的优良传统。因此，一批优秀的儿童文学作家和作品得以涌现。

回顾近年来俄罗斯儿童文学在中国的出版状况，我们可以清楚地看到，对当代优秀作品的译介一直处在零散的、非系统的状态。我们在"中俄文学互译出版项目·俄罗斯文库"的框架下出版这套《少年文学丛书》，就是为了改变这种状况，希望能以一己微薄之力，将当代俄罗斯最优秀的儿童文学作品介绍给广大中国读者，以期填补外国儿童文学译介和出版事业的一项空白，为本土儿童文学的创作和研究拓展崭新的视野，提供横向的参考与借鉴。

本丛书聚焦当代俄罗斯的"少年文学"。少年文学（подростково-юношеская литература）是儿童文学的重要组成部分，一般指写给13—18岁少年阅读的文学作品。这个年龄段的少男少女正处于从少年向成年过渡的关键时期，随着身体的逐渐发育和性意识的逐渐成熟，他们的心理也发生了较大的变化。他们渴望理解和友谊，期待来自成人和同辈的关注、信任和尊重，对爱情怀有朦胧的向往和憧憬，在与成人世界的不断融合与冲撞中开始逐渐形成自己的人生观与价值观。这是个"痛并快乐着"的微妙时期，其中不乏苦闷、痛苦与彷徨。因此相应地，与幼儿文学和童年文学相比，少年文学往往在选材上更为广泛，在人物形象的塑造上更为立体丰满，在反映现实生活方面也更为深刻真实。

需要特别指出的是，少年文学的受众并不仅限于少年读者。真正优秀的少年文学必然是雅俗共赏、老少咸宜的，成年读者也能够从中学习与少年儿童的相处之道，得到许多有益的人生启示与感悟。

当代俄罗斯少年文学有几个新的特点值得我们加以注意：

首先，在创作题材上，创作者力求贴近当代俄罗斯少年的现实生活，反映他们真实的欢乐、困惑与烦恼。许多之前在儿童文学范畴内创作者避而不谈的话题都被纳入了创作领域，如网络、犯罪、流浪、性、吸毒、专制等。在某种程度上，这也是苏联解体后混乱无序的社会现实在儿童文学领域的一种投射。许多创作者致力于描绘少年与残酷的成人世界的"不期而遇"以及由此带来的思考与成长，并为少年提供走出困境的种种出路——通过关心他人，通过书籍、音乐、信仰和爱来摆脱少年时期的孤寂、烦恼和困扰。

其次，在创作方法上，许多当代俄罗斯儿童文学作家勇于突破苏联时期的社会主义现实主义传统，对传统的创作主题进行反思，大胆运用反讽、怪诞、夸张、对外国儿童作品的仿写等多种艺术手法进行创作，产生了一大批风格迥异的作品。在人物塑造方面，众多创作者致力于塑造与众不同、特立独行的少年主人公形象，力求打破以往的创作窠臼，强调每个人物的独特之处。

此外，作家与读者的交流方式也发生了巨大的变化，部分作家借助自己的博客、微博、电子邮件等与读者直接进行交流，能够及时地获知读者的评价与反馈，从而在创作活动中更好地反映现实中的问题，满足读者的需求。

本丛书收入小说十余篇，均为近年来俄罗斯优秀的少年文学作品，其中多部作品曾经在俄罗斯国内外大赛中取得优异成绩，一些脍炙人口的上乘之作（如《加农广场三兄弟》等）还曾被改编为电视连续剧。这套丛书风格多样，内容也颇具代表性，充满丰沛瑰丽的想象、对少年心理的精确洞察和细致入微的描绘，相当一部分作品还深入浅出地介绍了一些专业知识（如《斯芬克斯：校园罗曼史》中的埃及学知识，《无名制琴师的小提琴》中的音乐知识，《第五片海的航海长》中的航海知识等），具有极强的可读性，足以让读者一窥当今俄罗斯少年文学发展的概貌。

本丛书由北京大学外国语学院俄语系 2013、2014 级研究生翻译，力求准确传达原作风貌，以传神和多彩的译笔带领广大读者体会俄罗斯少年的欢笑与泪水，感受成长的快乐与痛苦，以及俄罗斯文学穿越时空的不朽魅力。

编 者 序

　　这本书里的故事充满着质朴、真诚和孩子气的顽皮。作者的作品既能让成人关注，也能引起孩子的兴趣。这就是为什么他写的关于果戈理和罗蒙诺索夫的书不仅得到了评论家们的好评，也受到青少年们的喜爱。这本书首次全面地展现了作家涅奇波连科的风格：书里有许多短篇故事，在这些故事里几乎没有一点幻想或虚构——只有真实的生活展现给我们的奇迹。作者怀着对读者的信赖有点冒险地向他们讲述了自己的故事：一个男孩的胜利、委屈和屈辱，他那独特的节奏和风格吸引着最广大的读者，无论男女老少。南俄文化与乌克兰世界在这里相遇，家庭故事、校园故事和庭院故事相融合，多种元素的交织让内容变得丰富，为读者带来交流和理解的愉悦。作者还是一位知名学者——本书的最后附上了他的文章《用俄语思考》，展现了这位儿童文学作家天才的另一面。

作 者 序

通常认为，领到中学毕业证书的时候童年就结束了。但每个人的心里其实还保留着童年的一部分——并将长期保留下去，否则成年人永远也不可能理解小孩子。而孩子们看见了成年人的成长过程，也能更好地理解他们。

那些有姐姐或者哥哥的人很幸运——他们可以告诉他中学毕业之后会发生什么。未来是那么令他神往……所以这本书里除了关于院子和家庭的故事，还有关于考大学和大学生活的故事。每个人的身体里都混杂着童年和成年，所以成年人和十岁以上的儿童都可以读这本书。每个人都能在这里发现一份奇遇和经历，发现自己心中多少属于童年，多少属于成年。

· 目　录 ·

第三章　世界

第四章　波涛汹涌的大海

◆

附录

◆

第一章
院 子

童年的树

柳树。

这棵树像一座绿色的喷泉，在院子的上空喷薄而出。微风拂过那些细柳的枝条，好像在纺一张绿色的网，织一袭点缀着亮片的恰得拉①。它为房屋遮挡炙热的骄阳，阴影在大地上游移摇晃。

一栋白色的两层小楼。

院子很大，像是一片陆地，被一条篱笆、窝棚和车库形成的弯弯曲曲的线包围着。它们在院子的边上紧紧地挨在一起，一些地方凸出来，一些地方凹进去——如此这般地不断变换着海岸线的轮廓。

大热天里，邻居们通常在院子和厨房里消磨时光。而窝棚里则饲养着母鸡、兔子和火鸡。

"伏尔加"汽车从车库里探出头，就像一条巨大的鱼，露出牙齿一般的散热器。

小鸡们在院子里上蹿下跳，公鸡们则不断地啄着镀铬的

---

① 伊斯兰教妇女蒙头的面纱，在中亚还从肩披到脚。——译者注

汽车"牙齿"上自己的倒影，椋鸟在柳树上吱吱叫着，唱起了婉转动人的歌——生活是多么美好！

厨房里在炖红菜汤、炸土豆、烤苹果的时候，总是飘来诱人的香气。

每个夏季厨房的门边上都生长着一棵苹果树。

不太清楚这些苹果树是厨房里的住户的还是大家共有的。

那些稍远的苹果树我是敢去摘的，因为那肯定是大家共有的。有一棵苹果树长在安德鲁斯基家的厨房门口，它一直让我不得安宁。那上面的苹果长得很好，像一个个小球似的。虽然费多尔·彼得罗维奇·安德鲁斯基是我的教父，但他们一家在院子里的时候，我也不好一声不吭就在人家眼皮子底下摘苹果。

所以不得不等到晚上，等到他们都回到家里的时候。

但是他们房间的窗户也朝向院子，所以即使在晚上也得小心行事——不能像挂在树枝上的猕猴那样使劲儿摇苹果树，而要悄悄地一个一个摘：就好像是路过的时候偶然看到了苹果……然后，想摸摸看它们熟没熟，想知道它们什么时候才熟，而苹果正好快熟了，自己掉进了我手里。也就是说，注定了是要由我来吃掉它。

邻居们经常烤苹果或煮玉米吃，那黄黄的玉米棒子上布满了一个个热气腾腾的小疙瘩。

我们这儿有一个女邻居很坏。她时时刻刻都看着自己的苹果树，数着上面的苹果。

竟然能想到去数树上的苹果！

接着当然就是给我爸爸打小报告了："您的儿子又跑我们家树上吃草了。"

首先，我不是什么山羊，不需要吃草。而且这是一个有争议的问题：就算苹果树是这个阿姨亲手种的，但那也是种在路上的！当你从旁边经过的时候，就像是已经跟这些苹果交上了朋友。而且我记得，我也用喷壶给这棵树浇过水。不过如果它长在篱笆外头，那就另当别论。而现在这样，当你从旁边经过的时候，每次都会想："这儿挂着苹果呢。"

我不能长时间想同一件事——容易变傻。

这儿挂着苹果呢，这儿挂着苹果呢……

应该想办法从这种怪圈里走出来。

我又一次走在去厨房的小路上，看到这棵树：这儿挂着……

当然很想把苹果摘下来。

但那个阿姨正恶狠狠地看着我，满腹狐疑。

在这样的目光中我丧失了对她的最后一丝尊敬，不只是想吃苹果这么简单了，而是想故意激怒她。

因为我不喜欢被人怀疑——无缘无故被人家怀疑。这太卑劣了！所以一定要做一件让他们怀疑的事，否则就不公平。

晚上我要第一个摘她那棵树上的苹果。

我们旁边还有一个院子。他们那儿是真正的果园：苹果树、樱桃树、桑树、醋栗都有。

特别是樱桃树，越过篱笆伸到了我们这边。伸过来的树枝上的果子我们是敢摘的：它们理所应当是我们的。但是紧挨着它们还长着一些非常鲜美的樱桃，只是在篱笆那边。也许这样做不对，但我们还是会爬上篱笆去摘。

爬起来很麻烦。篱笆会晃，你只能用脚抓住它，因为双手都很忙……篱笆那边的邻居跟我们有过一个约定：他们给过我们半桶桑葚，让我们别往他们院子里爬了。

这我理解！我们当然同意了这个条件，他们这是对我们的尊重。他们没有在篱笆那边大喊："别爬了！我跟你说，现在就抓住你，脱你的裤子，扯掉你的腿！"

而是有礼貌地说："知道你们不容易。你们人多，但是树少。"

这就非常文雅而又巧妙。于是，我后来再也没有爬到他们园子里去摘过樱桃。

只不过这样的约定当然不是永久性的——第二年的樱桃成熟的时候，看着它们又觉得"难受"，那时候当然就得再来半桶桑葚。

春天的时候整个院子里的邻居会一起修剪柳树。柳树那粗壮的枝干像弹弓似的伫立在大地上——我根本抱不住它。整个树干都布满了厚厚的弯弯曲曲的褶皱。

带褶皱的树皮，就像布满褶子的大脑。当人们犯傻的时候，别人就会说："脑袋里的褶子太少。①"而树上则有很多褶子。用手指碰一碰——它们有着滑溜溜的边缘，接近地面的下边那些是灰色的，很深：就像田野上的犁沟，往上则逐渐越来越浅。树皮越往上越薄，上面的枝条也十分柔软，就像小虾身上的触须。柳树的枝条向下低低地垂着——长满细长叶子

---

① 俄罗斯俗语，形容人犯傻。——译者注

的须发几乎要垂到地上了。柳树就这样把自己掩护了起来。

有的柳叶十分细小——就像蘸水笔的笔尖。叶子的边缘有一圈锯齿状的缺口，内侧有一层灰白色的小茸毛，就像小鸡仔身上的茸毛。我很想知道，如果柳树挥动它的枝条，会不会飞起来呢？

邻居们沿着树干或者梯子向上爬，然后在树枝上坐下来。有爱穿奇装异服的维奇卡·戈尔杜卡洛夫、马雷舍夫家的胖姑娘们、佩琴科夫一家子、有点像匹诺曹的彼得卡·安德鲁斯基、身材高大的尼先科太太和我的朋友托利克·戈尔杜卡洛夫……

拿特种退休金的前执委会主席博罗夫斯基一般不爬树。他穿着亚麻布的长礼服，双手背在身后，站在稍远的地方，就像一只站立的大黄鼠。

而其他人全都在树上：在那儿清理着什么，忙来忙去。他们有时候需要这个，有时候需要那个。我被支使来支使去：

"递一下那个，把这个拿来！"

我一会儿给他们拿小刀，一会儿拿螺丝刀，一会儿拿扫帚，他们则在那里忙活、喊叫，一刻也不消停。突然他们又需要砍刀、抹布，然后是水瓢……他们的声音从不同的树枝上传来。有可能这是修整院子的周六义务劳动——所有人都从屋子里一涌而出，修剪树木。

柳树上长着危险的瘤子——就是那些凝结在一起的块状或球状的东西。

几条树枝纠缠、交织，然后长在了一起，于是就形成了那样的瘤子。里面卡着枯枝败叶和老皮，还有各种各样的废物和垃圾。如果沿着细细的枝条一点点靠近那些地方，就会发现那里的新绿很特别：叶子不像羽毛一样伸得直直的，而是扭曲变形的，上面附着肥厚多汁油光发亮的叶瘤。

这些恶心东西聚集在一起就形成了瘤子。这种地方需要小心地梳理或切掉，以免伤害到其他健康的树枝。邻居们帮柳树把辫子拆散，放开那绿色的秀发，把那些瘤子扔到下面。瘤子里可能有尾巴分叉、头上长角的肥虫子和绿色的跳蚤。

那里可能还会有蛇爬出来，也可能躲着各种又毒又险的蝎子，在等着咬你一口。

但这次一切进行得十分顺利：没有人被咬，也没有人掉下来。柳树修剪好了，穿着直筒裤的维奇卡、爱嘲笑人的彼得卡－匹诺曹、戴着三角头巾的安德鲁斯基太太和我的朋友托利克·戈尔杜卡洛夫从树上爬了下来。

树干下面被刷了白灰浆——就像穿着校服白围裙的优等生伫立在那里，显得引人注目。

但这怎么可能呢？邻居们怎么会在春天的时候爬到树上去呢？也许，这只是我梦见的？但如果是我从前梦见过这一切，那现在回忆起来怎么好像真的一样？也许，梦境和现实在逐渐交叉变换——那些曾经某个时候真的发生过的事，你会在梦境中想起来，而在现实中你又会回忆起梦境。于是就形成了某种交替变换。

等等，我清楚地记得，我们是怎么清理这些树瘤的。它们在早春的时候看起来特别明显，那时候叶子还很少，柳树像是半裸着。我们的柳树穿着薄薄的衬衫在风中瑟瑟发抖……那个时候就会明显发现：那儿有着一些凝结物、块状物。

春天的时候邻居们爬到树上，把这些树瘤清理干净。把它们拆开、撕掉、切除，腐烂的木头、结瘤的树枝、冬季残留下来的枯叶就纷纷从上面落下来。大家把这一切扔进火堆里烧掉，恶心的坏家伙就会从里面爬出来，扭曲抽搐，然后死掉。

　　从前的夜晚，邻居们会聚在树底下：把灯挂在树枝上，坐着玩儿多米诺牌——"杀山羊"①。而孩子们则在一旁奔跑嬉戏——许多个温暖的夜晚，院子里一直热闹到午夜过后。

　　树枝微微颤动，绿荫之下的人们感到舒适而惬意，星星在天空中时隐时现。

　　邻居们——主要是强壮有力的男人们——都是领导。想象一下吧，那种矿场领导。在矿场工作的人很多，约有一千人。在埋藏着可燃气体的地底下，每一瞬间都可能发生爆炸。而你要负责安排一切事务——督促完成计划，甚至超额完成计划。

　　后来领导变成流动的了——一群居无定所的人，就像流浪的朝圣者。他们把一切工作都搞乱了，破坏了矿井，引发了事故。他们被换掉，然后又被安排到哪儿呢？因为他们是大领导，没法指导鸡毛蒜皮的事：又被调到另一个矿场。

---

① 一种骨牌游戏。——译者注

他们把那儿的一切也搞砸了，于是从这个地方调到那个地方——趁着还有可搞砸的。

当有人从我们楼里搬走的时候，就会把自己的车库留给我父亲。所以我们虽然没有汽车，却添置了一个车库，接着又有了另一个，差点有第三个的时候，父亲立刻拒绝了。我们院子里一共有三个车库，都修得很棒，石头砌的。要它们全归我家，这未免也太……

车库里摆着维修工作台、自行车，胡乱地堆放着杂志《鳄鱼》、《知识就是力量》和一些食品。还有许多向日葵瓜子、堆成锥形的西瓜和香瓜、编成辫子的葱。我们有时走进车库，看一下粮仓，挑几个西瓜和香瓜做晚饭。

我怎么也弄不清楚，春天邻居们爬树的事是不是真的。可能这是我在书上看到的？猫在树上漫步，美人鱼在树枝上坐着……然后这些转移到了邻居身上？这好像就是瓦莉卡·马雷舍娃，熟人们并不叫她美人鱼，而是难听地叫她"有学问的猫"①。

---

① 普希金（А.С.Пушкин，1799—1837）的叙事诗《鲁斯兰与柳德米拉》（Руслан и Людмила）中的形象。——译者注

等等！是的，我们院子里真有一位学者，他在中等技术学校教书，有一个很搞笑的姓——巴济列夫①！他自己长的也像猫——小脸干瘪，但人看起来神气又威严——他常在柳树底下给我们读关于铜山女主人②的书。

一切都对上了，我什么也没编造：我们院子里的一切就跟卢克莫列③上一样。说到童话，我又想起了院子里一户邻居的姓。他们还在自己家里养了猫——棕红色的，威风凛凛的瓦西卡。

姓氏——不是无缘无故碰巧降临到我们身上的。人们在这个词下生活、奋斗。它意味着点什么——家庭、家族、世系——一本家族史。

这几个音节连在一起让某个人觉得紧张，感到与自己密切相连，就像一种召唤和暗号。曾在自己先辈们耳畔萦绕的姓氏，现在也深深印在人们的脑海中，它围绕着这个人，引

---

① "巴济列夫"（Базилев）和阿·托尔斯泰（А.Н. Толстой，1882—1945）的童话故事《金钥匙》（Золотой ключик）里面的一只猫的名字"Базилио"相近。——译者注

② 神话人物，乌拉尔山的女主人，宝石的守卫者。——译者注

③ Лукоморье，东斯拉夫民间文学中一个位于天涯海角的隐秘之地。——译者注

起爱、嘲笑、恐惧和恶意。这样的故事跟随着每一个人。这个词非常特别——需要轻声重复，仔细聆听，细细品味：瞧这位是新来的，他姓……

我们院子里有个阿姨——就是那个老数苹果的——弗多维娜[①]。为了让自己名副其实，她把自己的丈夫扫地出门了。她丈夫到我们家来抱怨（父亲那个时候是人民代表）。可如果那婆娘是个傻子，什么代表能帮上忙呢？接着她让自己的女儿也失去了丈夫：把女婿也撵出了家门。他可怜兮兮地在院子里边走边哭。显然，一切已经写在家族血脉里了——这就是人们的姓。

我们院子里的人家和姓氏不断更替变化，让我想起万花筒，生日的时候别人送我的一个带小孔的管子。各种花样不断交叠变化，有的人搬走了，就像万花筒里的碎片重新排列了一遍，一年又一年，就像万花筒的转动。而上面，在房子之上，柳树之上，院子之上，有星星在打转。北极星挂在空中，大熊星座的勺子转动着，正酝酿着一场流星雨，打算在八月从夜空中倾泻下来……

---

① 　Вдовина，跟俄语中的"寡妇"（вдова）一词相近。——译者注

　　博罗夫斯基，一个衰老、肥胖而又笨拙的人，他的目光空洞而沉重……他认为，柳树枝挡住了他公寓里的光线。柳树那么站着——仿佛将手伸向了房子，而小树枝就像指头一样伸向我们。我很喜欢那些树枝，可能是因为它们每年都在生长，就像院子里的小伙伴们一样。而大人们已经不长了——他们在变得憔悴而苍白。比如那个跟"不死的柯谢依"① 一样瘦骨嶙峋的老太太，又比如博罗夫斯基。他的目光变得越来越空洞，奇怪的是，也变得越来越沉重。

　　有一次邻居们聚在一起，商量要把柳树的"手"砍掉。但小伙伴们很心疼那些树枝——我们在上面绑过秋千，爬过树——她把自己绷得紧紧的，摇荡着我们，哄我们安睡。

　　最终还是砍掉了。

　　柳树无法忍受这样的嘲弄——从前的树枝变成丑陋的残株之后，它就开始枯萎。

　　柳树开始抖落它那干枯的枝叶：树冠搅动空气，引来风，树叶发出可怕的沙沙声——就像在下雨一样。它还真招来了雨：邻居们开始在院子里奔忙，取下晾晒的衣物，关上厨房门。而柳树突然发出噼噼啪啪的声音，往后一仰，猛地将干树枝

———————————
① 俄罗斯童话中的经典反面角色，外表是一个骨瘦如柴的老头。——译者注

扔下来，撒了一地！

从此我们的院子好像被诅咒了似的——大家彼此争吵，互相谩骂。

邻居们不再修剪柳树，也不再聚集到树底下。

而我们这些孩子却整天整天地待在树上。我们像小鸟一样在树枝之间给自己造了个窝。白天看书，晚上就玩儿扮园丁和潜水员的游戏。天黑的时候，我们用绳子把自己拴在树枝上，然后往下降。但不能走远了——只能在绳子的长度之内。而且还不能太久——得爬回树枝上储备氧气。我们先爬到第一块"甲板"上——树干在那儿分成了两个小杈，再抱住树枝往上爬——然后在一根水平的富有弹性的树枝上坐成一排，就像坐在舰桥上一样。而再往上——就已经是桅杆了，我们往上爬着，就像真正的水手。

夜晚的时候下面变得昏暗起来，空气黏着而黑暗——像水一样……从上面可以看见整个院子——就像存在于水下的大陆。海底有许多有趣的东西，就像水底的大西洲^①：形似

---

① 传说中拥有高度文明的古老大陆、国家或城邦，位于欧洲到直布罗陀海峡附近的大西洋之岛。——译者注

古老教堂废墟的水泥小路、各种稀奇古怪的化石、古老文明的遗迹。好像一个人穿越了千年的时空，从未来，从新世界，看着我们。

一个女邻居在台阶上看一本小册子：新世界——下面有一串数字①。

真有意思——新世界和一个什么号码。

编了号的世界。

啊啊啊——这是指的年份：1990 年！

为什么是新的呢？既然已经过了一阵儿了，那么就应该变成旧的了！

这书名不太真实，1990 年算什么新世界呢？

我很想看一眼这本小册子……

我给了女邻居一本《最后一英寸》，来交换这本《新世界》。

完全是垃圾！

女邻居说，有一些专门为作家办的杂志，让他们在那儿发表自己的作品。

我感到很生气：如果是真正的作家，那么就让他们写书

---

① 《新世界》是苏联的杂志，所以封面有杂志编号，但年幼的主人公并不知道这是一本杂志。——译者注

呗——比如"一无所知的人"^①的故事或者瓦格纳教授^②的故事。要是写得没什么意思——那就滚吧，用不着浪费纸！不然他们只会写那些无聊透顶的东西，每个字母都是灰暗而干瘪的……

我们的柳树已经枯死了一半。它被人折磨虐待——砍了一半，已经不成样子，只有光秃秃的残株在院子中间伫立着。不久，它终于被痛苦折磨得完全枯死了。柳树被连根拔起之后，这块地方看着让人心痛。后来这种无耻的空白四处蔓延——苹果树和樱桃树都枯死了。

而邻居们也越来越品格低劣。搬来了新人，看起来似乎不赖：女的是老师，男的是工程师。但他们有时候会从门底下拖走我们的地毯，有时候会从厨房里拿走水杯……简直令人难以置信。显然，缺钱让他们学坏了。但是还好，他们至少不写信针对我们——那些告密和诬蔑的信。而其他的邻居

---

① 俄罗斯作家尼古拉·尼古拉耶维奇·诺索夫（Н.Н.Носов，1908—1976）的作品《关于鲜花之城的三部曲》（Трилогия о Цветочном городе）中的人物形象。——译者注

② 俄罗斯作家亚历山大·罗曼诺维奇·别利亚耶夫（А.Р.Беляев，1884—1942）的作品《瓦格纳教授的发明》（Изобретения профессора Вагнера）中的人物形象。——译者注

们已经开始写了："他们非法拥有两个车库，这占了大半个院子，还妨碍了晾晒衣物和床单。"车库整整十年都没妨碍他们，现在似乎突然间长大了，淘气起来，这淘气鬼追着邻居们满院子跑——还妨碍了晾晒衣物和床单。

邻居们写信告发我们。谁签字了呢？博罗夫斯基、尼先科、安德鲁斯基太太——几乎所有人都签了字。

然后就是一段不太光彩的故事——人们用铁钎拆了车库，把石头一块块搬走。院子变成了可以穿过的，从四面八方都能看见窟窿——没一处好的地方。

我后来离开了家，至于我们的院子是怎么被破坏的，我是从信里知道的。短暂的回家探望——就像一张张快照：这儿是断臂的柳树，那儿是一截残枝，那儿是车库的废墟……后来剩余的篱笆也消失了——空地无耻地裸露出来——就像在太平间里，医学生仔细地观察着那些尸块，它们也曾运动和呼吸过。

院子死了。死寂而空旷的空地包围着小楼。

当我得知院子的死讯的时候——觉得很可怕。这意味着，我没什么地方可回去了——那些我珍视的、爱过的柳树、篱笆、车库、棚子——一切都消失了。

我似乎还记得篱笆那弯弯曲曲的纹路，记得车库顶上那糠秕状的石板，还有棚子那粗糙的未经抛光的毛板……

那个时候我就发誓要写下这一切。

我准确无误地回想起了一切：邻居们怎么修剪柳树，怎么和睦相处，怎么在柳树下摆好桌子，挂上灯，玩儿多米诺，在推骨牌中度过院子里的漫漫长夜。

还有树枝上的春天露珠的味道，和树芽的芬芳。

我会讲述那过去的一切——包括那些藏着坏家伙的危险树瘤。

我们的院子非同寻常——那里有美人鱼和"有学问的猫"。

后来我却忘记了自己的誓言，忘记了自己的院子——完全没有时间：家庭、工作……

但现在我开始用自己儿子的眼睛看这个世界：看我周围的这个新世界，将它跟我儿时看到的那个世界相比较——开始觉得可怕起来。

我又一次回忆起了我们的柳树，回忆起邻居们——可笑的、恶毒的、善良的、骄傲自大的、傻里傻气的邻居们……

我又一次真切地看到：邻居们在打扮柳树。

　　她像个小姑娘一样站着，被细细的枝条扎成的小辫包围着——准备着走进春天。

　　在拉丁语里柳树的意思是"词语"。

　　故事最开始的时候，曾有一棵柳树。

施巴克 ①

　　这曾是我的外号。施巴克，是一种椋鸟。但是我长得并不像椋鸟：它的羽毛是黑色的，而我的皮肤是白色的。它很小，住在杨树上的椋鸟窝里，在院子里飞来飞去，把小种子、杨絮、毛毛虫搬到自己的窝里喂养雏鸟。而我，老实说，并不怎么忙于家务：每周只有一次，妈妈会让我去拖地或者买面包……我没发现自己跟这种鸟有什么关系。

　　而且施巴克还是非军人的外号，用来称呼那些不像军人那样穿着制服的人们。在这个意义上每个人都可以被叫作"施巴克"，因为我们这儿很少有军人，只有节日的时候才能看见他们，如果小伙子们从部队回到家里，就在姑娘们面前穿

---

① 俄语"шпак"，是一种灰椋鸟的名字，还有"穿便服的草包"（俄国军人对非军人的蔑称）的意思。——译者注

几周或者几个月的制服，然后又穿回便服，变成施巴克了。

我们楼里住着一个大傻瓜彼得卡。他一天到晚都在院子里晃悠，用各种各样的外号骂我。我对这些临时外号的数量做了记录——记忆中彼得卡给我起了快三十个外号。

"秃头水怪"——这是在我被新年枞树弄破脑袋的时候起的。不是枞树本身，而是它的树干——新年棍子。冬天的时候，跟我们亦敌亦友的隔壁院子的傻瓜们老是乱扔枞树，就是那些新年之后被堆在周围雪堆里的枞树。他们还真以为自己是标枪运动员哪！

有一次，我一个人安安静静地往家里走，突然觉得有什么不对劲……有什么响声——沙沙声和呼啸声。我一转身，枞树从天空飞过，简直像地球卫星似的，直奔我袭来，针叶发出沙沙的响声。我觉得已经来不及躲开，就坐在地上，用手盖住自己的脸：啪！它那用来固定在十字支架上的尖端直接降落在我头顶……

伤口很长时间都没有痊愈。我的头顶被剃光了，涂满了绿药水。接着这地方又长出了硬硬的头发——就像绿色的针！但还好头上没长出枞树来！当然了，头发中间的绿色秃顶是一处奇异的景观——那看起来很显眼，所以彼得卡才会给我起"秃头水怪"的外号。

而他用"毒鹅膏"①这个外号来戏弄我，则是因为我整天整天地坐在那里研究杂志上的示意图，最后也没能按照这图焊接好无线电，还因为这个把脸色搞坏了。

他还叫过我"秃头"和"刺猬"，这是在我玩儿火药烧了自己头发之后。

我因为新的外号生气，这让彼得卡比什么都开心：大声地吼出新词儿，然后观察恼怒的升级。我先得领会这外号的意思，判断它有多么伤人，然后才生气——不同程度的生气。如果觉得不太委屈的话，就稍微气一下。如果特别委屈，外号戳到了痛处，那眼里就会涌出泪水来。我会大声叫他恶棍、坏蛋，跺着脚骂他，然后逃开。当他叫我"毒鹅膏"的时候就是这样。"毒鹅膏"有着很恶毒的意味②。而且为什么他不能挑点善意的外号呢——洋口蘑，或者哪怕是颜色鲜艳点的——蛤蟆菌，而是挑最可恶的——毒鹅膏。

虽然彼得卡一点儿也不友好，但那个时候我们院子里除

---

① 一种菌类，表面呈灰褐绿色、烟灰褐色至暗绿灰色。——译者注
② "毒鹅膏"（поганка）一词还有另外的意思：下流坏，坏蛋。——译者注

了他没有别的男孩子，我不得不跟他搞好关系。他以前没那么讨厌，我们还一起玩哥萨克土匪和捉迷藏，但后来他突然开始攻击我！可能他自己在什么地方被欺负了——家里或者学校——就到我这儿来撒气。

但所有这些可恶的外号都不长久，自动就消失了，没有哪个比令人费解的"施巴克"更受欢迎。班上所有的男孩子都这样叫我，院子里也是一样。只有在家里才听不见这个外号。爸爸第一次听到这个外号的时候特别惊讶——于是姐姐不再用这个戏弄我。这样一来，每次我一从家里走出来，就变成了一个普普通通的"施巴克"，好像脱去了什么重要而神秘的军队的制服。

不知怎么我渐渐习惯了，能够忍受这个外号了——不再因此生气。我甚至开始想：可能我不是碰巧摊上这个外号的，也许我的确在某些方面跟那只老在杨树上的鸟窝里吱吱叫的椋鸟很像。我观察那个喂养着嗷嗷待哺的一家的可怜父亲，为它感到难受。当它带回来许多小虫子并飞向雏鸟们的时候，雏鸟们就会伸出黄黄的鸟喙，把嘴张得像晾衣夹一样大，然后吱吱叫起来。

椋鸟的歌声总使我感到高兴。每个春天当它吱吱地叫起来的时候，让人感到非常愉快。

我不能理解，为什么大家认为夜莺的歌喉异乎寻常地美——而且所有人对夜莺都喜欢极了。在我看来，它的名声是被过分夸大了。我听过几次夜莺的叫声：它就知道那么两三段，没什么特别的。椋鸟唱得不比它差，还能唱不同的花样。它又能发出啧啧声，还能吱吱叫，而且几乎能够哼哼。它还能像公鸡似的喔喔叫，像猪一样发出刺耳的叫声。我觉得它是最有趣的歌手——有着最广的音域。

有一次，我甚至听见它喵喵地叫。事情是这样的：棕红色的猫咪瓦西卡，那个土匪和流氓，它翘着管子似的尾巴在院子里跑来跑去，可能又闯了一堆祸。突然我听见：喵——！瓦西卡全身哆嗦了一下，紧贴在地面上，一双疯狂的眼睛扫视着四面八方：是什么无耻之徒来搅扰它的领地，闯进了我们院子呢？它匍匐着爬向棚子——转动耳朵，用眼睛四处东张西望。我又清楚地听见：喵——！声音是从上面传来的：这就难怪瓦西卡弄不明白谁在戏弄它了。我环顾了一下四周，一只猫也没有！而树枝上歇着一只椋鸟——正无比淡定地发出喵喵的声音！就是它！因为再没有别的谁了。

　　这下瓦西卡也猜到问题出在哪儿了。它扬起脸，发出咝咝的声音，但怎么才能跳到树上呢？它立刻沿着树干向上爬了起来。瓦西卡爬到了中间。而椋鸟窝被钉在最顶上，还有那么远要爬呢。这个时候瓦西卡回头看了一眼，发现离地面好远，害怕得大叫起来。要知道我们的杨树可高了！瓦西卡忘记了欺负自己的椋鸟，忘了自己的屈辱，只想着怎么下去。它叫得那样大声，以至于邻居们都跑来救它：人们搬来梯子，好不容易把它救了下来。

　　而椋鸟一点都没受影响——立在上面不时轻轻啼啭。虽然它比瓦西卡小了快十倍，而且更弱，但椋鸟骄傲、勇敢，而且懂得幽默。从那时起我也开始自豪起来，觉得自己叫"施巴克"真是太棒了！这意味着我可以飞起来，可以嘲笑傻瓜们。"大蟒蛇"钦加哥和最后一个莫希干人 [①] 就有自己的图腾——蛇和乌龟。同样地，我也有自己最喜欢的并且跟我有

[①]　　"大蟒蛇"钦加哥和最后一个莫希干人都是美国小说家詹姆斯·库柏（James Cooper，1789—1851）的小说《最后的莫希干人》（The Last of the Mohicans）中的人物。——译者注

着亲戚关系的鸟——椋鸟。

从此以后我不再对这个外号生气了。相反，我甚至感觉自己有了附加的力量，有了新的才能：似乎所有人都只是人，而我还是椋鸟，我仿佛有了新的故乡——天空，还有一个家——椋鸟窝。

我还开始做新的梦：我跟椋鸟一起飞翔，并肩飞过杨树，飞过屋顶和电线，停在树枝上，张开嘴开始歌唱起来。

唱得一点儿不比夜莺差。

图书馆的结局

图书馆的台阶前有一棵桑树。我们叫它"阿秋吉娜"。这是一个由小音节串联成的生动有趣的词，它传达出一种味道。当你把饱满的浆果放进嘴里，眯起你的眼睛——"阿秋吉娜"的汁液就会在舌头上炸开。

总的来说，这棵树很奇怪。首先，不太明白它长的是什么果子，因为它们不像樱桃那样是圆圆的，不像李子那样是椭圆形，也不像杏那样分成两半，有软软的凹陷。它们更像马林果或者云莓，但那些果子长在下面，在草里，在小小的灌木丛里，而这儿——大树把果子们举到了那么高的地方，以至于如果不爬上去，就怎么也不可能摘到果子。

这些果子像一串葡萄：只是太小太精细了。如果吃很多这种果子，你的整个嘴和一双手都会变成黑色……当充满了黑色汁液的果子从高处掉下来的时候，就会摔碎在石头上，留下深色的毛毛虫似的印记。接下来很长一段时间图书馆的台阶上就会留下黑色的勾号、破折号和逗号——好像古文中的词句。

台阶上的石头粗糙而又舒服。夏天的时候坐在上面翻看书里的插图是一件非常惬意的事。在这儿有时会碰到朋友，可以看看他们来还什么书，又借走了什么书，还可以爬到树上吃浆果，用那种美味的颜料在嘴里写下新的词句。

后来，大家决定把图书馆从旧的木楼那儿搬到新的石头建筑里。桑树边上这栋楼在很长一段时间里都被钉死了，护窗板也关得死死的。我们每次经过的时候都会流口水——好想再到那儿去！

但一段时间后，书就被足球、炸药包、火枪、自行车取代了——人的一生中总有一些顾不上读书的时期……

后来书又回归了，但已经不是童话书，而是惊险小说。那些小说里的生活跟我们这里一样充满炽热的激情：决斗、宝藏、火药、海盗……我们开始换书：用詹姆斯·库柏换马克·吐温，《所罗门王的宝藏》换《好兵帅克》，《玛戈皇后》换《巴斯克维尔猎犬》……就在那个时候发生了这个关于儿童图书馆的故事，虽然搬迁以后那里已经没什么可读的书了。现在图书馆位于一栋普通的混凝土房的一层，窗户外已经不再有阿秋吉娜。

彼得卡有一次跟我们解释为什么儿童图书馆变得没意思了，这个故事后来变成了小伙伴们最喜欢的故事之一，成为了一个不朽的传奇。我们屏住呼吸听他讲，大概就像我们的祖先们听着关于"大西洲"的传奇一样。

通常彼得卡会在傍晚的时候讲这个故事，那时候所有别的娱乐活动已经结束了：对踢球和射气枪来说天已经太暗了，去城市里逛也太晚了。

彼得卡抬起自己那带疤的长鼻子（根据他的说法，他的鼻子差点儿被一块从二楼窗户掉下的玻璃切掉了——不过我觉得，是他自己把它伸到了什么不该伸的地方）。就这样，彼得卡一边激动地抽搭着那被切成两半又重新长出的、像蜥蜴尾巴一样的鼻子一边说，有那么一个地方，他跟熟人们把一箱子书藏在了那里——所有被挑选出来的高级书：《偷钻石的贼》《十二年后》《所罗门王的宝藏》……这些书是他们从图书馆里偷出来的——所以他们不敢带回家。如果彼得卡说的是真的，那他们就把书箱藏在了那个像大恐龙一样耸立在院子中央的大棚子的阁楼上。

事情是这样的：在把书从旧楼搬到新地方之前有一段不明不白的空白时期——书还在旧楼里，但已经不外借了，而新楼里还没有书——所以也没法外借。那些没有书就活不下去的心急的文学爱好者决定潜入图书馆，在不惊动图书管理员的情况下，自己把书取回家。他们在傍晚时做了这个决定，因为太心急，就从窗户爬进去了。他们挑了最好的书，拿得并不多，但跟着他们从窗户爬进去的读者就各式各样了。因为在大家中间传开了这样的消息：图书馆里有许多可能对家居装饰有用的纸。附近楼的住户们就都往图书馆跑，他们已经不看书名，什么都拿，从无聊的杂志到儒勒·凡尔纳。

这时候，彼得卡听说有人把自己最爱的儒勒·凡尔纳跟报纸相提并论，认为这是奇耻大辱，于是也奔向了图书馆，把《冒险图书馆》和《科学幻想》系列中最棒的几册从无知的人们手里解救出来——一共大概有二十册。当他就着袖珍电筒的光认真研究书架的时候，郊区的人们已经搭乘大货车来到这里——一些表情严肃的男人把一切都往麻袋里扒拉，那些已经被低俗读物爱好者们拿走的书除外。就这样，图书馆的所有馆藏两个晚上就被借光了，没有繁杂的手续，不用填图书卡和读者登记卡。

彼得卡和朋友们想到父母可能会诧异，家里哪儿来这么多印了图书馆戳子的书？那么警察就会怀疑那些惊险小说爱好者。于是他们把书塞进了箱子里藏到了阁楼上，等待恰当的时机。但不知是谁违背了不能私自动这个宝藏的承诺，或者是狡猾的彼得卡自己把宝贝藏到了更好的地方——总之，从他的话中我们得知，书最后不见了。

　　这个装着精选书籍的包裹滞留在了从图书馆到读者那里的半路上，也刺痛了我的心——我咽着口水，彼得卡则像生理学家巴甫洛夫①观察狗一样观察着我，低声大笑着。他笑得很大声，还用手指着我说："你可以去找找！"

　　反复讲这同一个故事并观察小伙伴们激动的样子，给他带来了乐趣。背着朋友们我曾爬上阁楼认真翻检过在那儿积存了几十年的破烂儿：旧毛裤子、坏了的吊灯、几十双旧鞋和破了洞的锅，总之就是各种破烂东西——为了找到自己想要的《所罗门王的宝藏》、《秘密航线》和《玛戈皇后》！

　　但宝藏不在那里，每次因为跟灰尘搏斗而精疲力尽的时候，我就发誓再也不相信彼得卡的胡扯，再也不要在听他讲完例行故事之后，又爬上阁楼在灰尘里找《所罗门王的宝藏》。

---

① 巴甫洛夫（1849—1936），俄罗斯生理学家，提出条件反射理论。

希普卡 ①

　　我们院子里有一个公共厕所，里面有两个独立的小间和一个公共空间。厕所修得好极了：像古堡一样，它是由未经加工的石头砌成的，敷了一层水泥，在两面倾斜的屋顶下甚至有一个宽敞的阁楼。

　　有一天我们发现，在这宫殿那钉得死死的阁楼上出现了一个洞：一块板子被拿走了，而另一块下边没有了钉子，这使它很容易往一边移动。这个发现使我和格里什卡很不安（格里什卡到他爷爷这儿来过假期——渐渐成了我在院子里最重要的朋友）。阁楼那儿可能有什么呢？有谁躲在那儿吗？还是有什么东西藏在那儿？是有什么宝藏吗？再说这个被钉起来的阁楼到底是怎么建成的？

　　我们决定进去看一眼。当眼睛习惯黑暗以后，在透过钉

_____

① 一种廉价香烟，无滤嘴。——译者注

帽下面的小孔溜进来的光线中我们看见了一堆木刨花。阁楼尽头有一个窝——一个曾有什么人或动物待过的地方：那里的刨花被压皱了，像一个巢穴或栖息处之类的东西。我们溜了过去，开始用眼睛和双手搜寻宝藏。

在屋顶边缘下的一个坑里，格里什卡找到了"希普卡"香烟。纸包上画了一个四角石塔。包装已经被撕开了。

格里什卡说："试一下吗？"

我以前从来没抽过烟。我们各自抽出一支烟，找来火柴——点燃香烟的一头。我把烟放进嘴里，吸了一口，然后以一副老烟民的样子吐出来。格里什卡开始猛烈地咳嗽起来。我继续练习着，烟已经开始从嘴角渗出来。格里什卡看着我，羡慕得愣住了："你怎么做到的？嗓子不难受吗？"

当然了，苦涩的烟让嘴巴很不舒服，嗓子变得很干，甚至呛出了鼻涕。但这一切跟我能够那么镇定地吸烟，而格里什卡却怎么也做不到相比，都不算什么。他甚至咳得把香烟都弄熄了！

格里什卡以一种非常艳羡的目光看着我，然后突然说："你没有深吸！吸烟应该深深地一口一口地吸。"格里什卡开始教起我来了："往里吞一口烟，吸进肺里。"

这下轮到我感到惊讶了。吞一口烟？吸进肺里？这些话让我觉得莫名其妙。我得把这呛人的脏东西吞进去，而且还得把它吸进肺里？关于这神秘的肺我可有所耳闻，它们就像一棵长着无数柔软叶子的树，在我们身体里生长和呼吸。

"不，"我对格里什卡说，"每个人自己愿意怎么吸就怎么吸。"

我决定发明前所未有的新吸烟方法：没有危害的安全方法。

难不成格里什卡吸的对而我吸的不对吗？不，我吸的更对！

就在这时传来了脚步声，厕所门嘎吱嘎吱地响起来。我们吓坏了，立即开始灭烟。因为下面那个人可能会感觉到烟味，然后发现我们。但在堆满木刨花的阁楼上灭烟非常危险！燃着的烟灰径直掉到了刨花上，刨花一下子燃了起来，冒出了火星——必须迅速把它们压住，手边什么也没有，于是我们用手盖住了刨花：一粒火星就可能让整个阁楼在一瞬间燃起来！我们可吃了苦头：手烧伤了，而且害怕得要命。很有可能我们会受到长辈的严厉训斥——怎么才能证明我们只是偶然上来了这里，这窝不是我们的呢？

下面那个人忙活了一会儿就走了。我们开始觉得很难受——这儿不是宫殿，气味也不怎么好——虽然没有烟味那么呛人。

我们又试着抽起烟来。这下我失败了——我猛地吸了一口烟进去，嗓子开始发痒，撕扯一般地疼，就好像用沾了恶心化学品的洗杯子的毛刷刷过了喉咙。糟透了！泪水开始从眼睛里流出来……

"啊——"格里什卡拖长声音说，"就是应该这样，深深地吸一口！"

不，什么傻瓜才会这样折磨自己啊！也许会有那样的傻瓜，但我绝不会干那样的事！

从那以后，我再也没尝试过吸烟，格里什卡却吸上瘾了。他甚至脸色都变差了：以前是像小猪一样粉粉的，而现在变成了深灰色的——像阴沉的天空。

我对吸烟的人是很友善而有耐心的，但是他们只要一知道我不吸烟，就开始怀疑我有什么不对劲。这时我就诚实地对他们说，以前抽过，但戒掉了。他们这就安心了。把我当作了自己人："戒了很久了吗？"

"八岁就戒了。"

刺猬和枪

洋甘菊突然开始摇动起来——有什么东西在那里沙沙作响……

刺猬！

我们用爸爸的帽子盖住它然后带回家。爸爸本来反对我们把刺猬从它生活惯了的地方带走，但我们艰难地说服了他：我们家里什么小动物也没有，我们非常想要，甚至必须要有点什么来照顾和关心……如果刺猬不喜欢我们这里，我们就把它放回去！

刺猬被养在车库里。车库是一个邻居留给我们的：那年春天他们收拾好东西，装上汽车，然后离开了这里，就像候鸟一样。在这个被汽车遗弃的空巢里只有汽油的气味、维修用的工作台和回声响亮的空地。车库很大，是用石头做的，由厚重的石板堆砌而成。

　　刺猬藏到了工作台下面，从那里一点儿也看不出它那秘密生活的痕迹。最开始我没有打扰它——得先让它习惯！我给它带来一碟牛奶，就锁上车库门走了。

　　但是第二天，它没有表现出任何友善的意思，不对牛奶表示感谢，也不跟我交流。于是我抄起铁铲把子，伸到工作台底下——把它赶到了车库中间，开始研究起来。

　　我一开始把它扔进了装着水的洗衣盆里，刺猬在水里伸直了身子，像狗一样游了起来，抽搐着摆动起弯弯的小爪子，当我戴上旧手套把它从洗衣盆里拉出来的时候，它发出"呼哧呼哧"的声音，然后蜷缩成一个防守的姿势。它的鼻子向后埋进肉里，留下一个椭圆形的坑儿，坑儿的边缘长着一排细毛，还能看见软软的肚子的边。狐狸也许不能发现这些——因为狐狸不能戴手套，而且刺猬在所有童话故事里都成功地愚弄了它们。

但刺猬是骗不了我的——它完全在我的掌控之中。它躺成了一个有弹性的灰色的球，我就把它从一个角落推到另一个角落。它一有机会就拼命舒展开身子逃到工作台下面，用它那又细又弯的爪子迈着可笑的碎步。它伸出像土耳其鞋似的尖细的鼻子和小嘴，那鼻子上还装点着一颗闪闪发亮的黑珠子，然后拼尽全力地奔向救命的工作台。但我每次都能追上它，又试着跟它搞好关系：戳一下放牛奶的小碟子，来提醒是谁在喂它，或者试着把它身子打开看着它的眼睛。刺猬发出不满且不友好的呼哧声，又拼命蜷缩得更紧了。它还时不时轻轻地搏动，使身上的刺变得尖锐而突出。总的来说，我对它完全失望了——很明显，这个跟我们一个星球的物种还处在一个非常蒙昧无知的进化阶段，以至于不能理解我的科研热情。

最后我把它扔到了工作台下面，彻底生气了。我对它怀抱着最美好的愿望，而它却对我发起了抗议。

我经常去车库，制作可燃的混合剂，用来代替在打枪时必不可少但又十分短缺的火药，或者在那儿磨做炸药包用的硬铝。刺猬有时候在工作台下把旧报纸弄得沙沙作响。总的来说，我们不知怎的也处熟了。

我突然发现，刺猬不再透露出任何生活的迹象。我把所有的角落都找遍了，拿着手电筒爬到了工作台下面，哪儿也没有刺猬！难道它在车库的石头墙或者厚木门里咬出了一个通道吗？

我仔细检查了周围——在车库和棚子之间的狭窄通道中的木板堆里，我发现——您猜我发现了什么？真正的海盗的宝藏——装朗姆酒的大肚瓶，瓶子被细细的灰色的刺塞得满满的！

我把找到的瓶子拿回车库，把里面装的东西倒在报纸上……毫无疑问，在我面前的是——火药！我紧张不安地拨出一丁点儿，划亮了火柴——点燃的刺发出耀眼的火光，留下了一团烟雾：最开始烟雾卷成了一个线团，然后伸出了细细的茎，长出了蘑菇……太棒了！我的梦想实现了，我成为了真正的宝藏——灰色火药的拥有者！

它是紧实的一团，像消失的刺猬一样，只是刺要更细一些。不过火药完全为我所有了：我可以把它分成随便几份，起码能射一百发子弹，或者做几个鞭炮！

谁把它偷偷留给我了呢？为什么呢？我觉得，这跟刺猬有关，好像谁跟我做了交换，拿走了活蹦乱跳又热爱自由的刺猬，但偷偷留下了火药。我把手放进火药堆里，闭上眼睛，感到满足。火药发出轻轻的沙沙声，从手指间漏出来。

后来这些火药照我的计划被用光了。令人兴奋的射击和爆炸开始了，篱笆被子弹打得千疮百孔。但是有一天，当我的宝藏快用完的时候，一个十分简单的试验却以悲剧收场。我把一小撮火药放进了铁钢笔的小管儿里，把火柴往那儿一伸，然后往里看了一眼……

火焰的热浪扑进眼睛里，烧着了脸。我惨叫着扑向装水的大圆桶……剧烈的疼痛过去之后，谢天谢地，我的双眼还能看见，只是……睫毛被燎短了一截儿——变得像花蕊似的，顶端有一个被火燎成的小圆头。我的头发从前面黏在了一起，变成了一整片，就像塑料似的。还有一股可怕的恶臭——带着烧焦的毛发味儿，就像在杀猪前给猪涂树脂的味道。

　　爸爸当然把我骂了一顿——还几乎给我剃了个光头。我第二天不得不顶着新的"刺猬头"去学校！我看起来很可怕，特别不想在姑娘们面前出现……后来我被嘲笑了很久，被叫作秃头和刺猬！

　　事情就是这么奇怪——这可能是给我的惩罚？惩罚我对那只刺猬很不友好？它可能在充满汽油和机油味儿的车库里住得很不舒服。而我们对此已经习惯了，就不觉得。

　　但是谁对我做了这些事呢——拿走了刺猬，偷偷留下了火药？然后把我变成了可笑的刺猬……

太阳针

　　广播里说，美国人向我们投放了许多针做的云。没法跟这些针对抗，因为不能把它们打下来：要知道它们非常细小。这种云可以自由飘荡，飘到我们的领土上，然后下一场致命的雨。从高处落下的每一根针都能穿透人体——这个人将会在抽搐中死去。他的神经中枢将会瘫痪。即使没有一下子死去，无论如何，身上带着细小的洞走来走去是很危险的：能量可能从洞里面流失。洞不是一下子就开始发生作用的，而是像延发地雷一样，要等待恰当的时机。然后突然之间，这个人的脑袋就会裂开或者心脏就会爆炸……

走出家门是很危险的：政府号召居民们不要到露天的地方去。他们可能会陷入美国的针雨里，而且这种雨不容易被发现：人们甚至感觉不到自己怎么变成一个小筛子的。

当我出门的时候，我尽量一跳一跳地移动——从一个影子跳到另一个影子，时不时看看天：那儿有没有该死的美国针做的云呢？我就这样偷偷地在墙根下、屋檐下穿梭，接着又跑到车库的屋顶下面，再从那里跑到杨树底下。虽然可能杨树对我没有什么帮助——针会射穿它。

我转移到了棚子底下，在这儿可以喘口气了，屋顶上有厚厚的两排木板。墙后的母鸡发出咕咕的声音，公鸡在大声啼叫，可能它们感觉到这些针了？也许我们所有人都已经笼罩在里面了，一切都完了？还是说这些针对鸡来说不算什么，因为这些针对大脑最危险，而鸡的脑袋很小，针很难进入它们的脑子里？鸡太笨了——对它们来说不存在什么威胁。

一个穿着宽松裤戴着呢帽的邻居到院子里来了。他怎么了？难道不知道针的事儿？应该告诉他、救救他吗？或者他不怕它们，是个英雄，国家给他任务要他去把人们疏散到矿井里，而他即使被针射死，也不离开自己的岗位？矿工们待在地下挺好的，他们在那儿什么也碰不着。应该把整个城市都疏散到地下去，然后待在那里，连鼻子也不露出来。但这会持续多久呢？什么时候美国人才会停止捉弄我们呢？

太阳开始下山了，人们小心翼翼地从屋子里出来。他们已经厌倦恐惧了吗？还是说这些针跟太阳有某种联系，没有太阳就不那么危险了？可能这根本不是美国人干的，而是太阳针——太阳向我们发出可怕的射线，让大脑觉得发痒、刺痛。傍晚的时候，四处积聚起越来越多的阴影，就像水被放进了浴室里——那么清凉的、遮阳的浓荫。那些针已经不被放在眼里。人们高兴地下班回家，微笑，招呼，此呼彼应，闲话家常。可能广播里说针雨已经结束了，下完了……或者说这其实是个玩笑？还是说我们的卫星已经把它反向磁化了——那些针现在已经往回飞了，去了美国人那里？而我坐在棚子里什么也不知道……应该跑到街上问问过路的人，那些针怎么样了，恐慌怎么结束的——那些针其实不危险吗？或者甚至对健康有益呢——他们按摩肌肉，疏通大脑？

我们应该马上跟美国人建立友好关系，向他们要更多的针。可能我们会找到共同的敌人——外星人。是他们在广播里胡说八道，还到处晃来晃去，用自己的圆盘吓唬人。我们会找到治他们的办法——我们的"雪人"①，他会给他们厉害看看！他将保卫我们的文明——只需要先对他进行文明的教化。

街上十分酷热，思想都被烤焦了，斗殴和相爱变得难以区分，矿工跟外星人被烤得相互黏在了一起，母鸡脑袋和宇宙大战，公鸡和美国人被太阳针缝在了一起。

---

① 雪人又被称为大脚野人、夜帝、野人，是存在于世界各地但未被证实存在的高等灵长目动物。——译者注

先　知

我的梦里住着三个老头。

第一个常来砌炉子。他脚边有两堆灰：黄的和灰的。他不慌不忙地在洗衣槽里把它们混在一起，倒点水，做成泥浆。他把这种带黏性的泥浆抹到粗糙的红砖上，再把砖砌入拆下来的炉膛里。满脸皱纹的老头把新的"肋骨"砌入炉子里，炉子长出了一副血肉之躯，被一层灰泥做的皮肤覆盖着。

街上的太阳十分耀眼，我们坐在阴影里的台阶上，聚精会神地看着老头，看他怎么揉黏土，怎么把它抹在砖头上，怎么把砖头砌进去，末了再轻轻动一动，用三角铲敲一敲……

雷声轰鸣，乌云密布。老头说这是先知以利亚坐着双轮马车来了。我们都很惊讶：我们不知道任何先知，听都没听说过。老人讲了起来：严厉的以利亚把闪电像箭一样扔了出去，他行驶在乌云之上的天际，把箭矢扔向那些愧对上帝的罪人。而轰鸣的雷声是为了吓唬那些敷衍了事和不学无术的人。老头讲了很多，他工作的时候一直在讲，而我们就像中了邪似的，盯着他的手看，看那双手和着泥浆，把它抹到砖头上，放进炉子里。

炉子渐渐变高，炉膛里已经可以站一个身材矮小的人了。我们在心里对这个砌炉子的老头和那个乘着火轮马车在天边扔出闪电制造雷声的老头产生了敬意。

我们的院子四面八方都是封闭的，高高的篱笆像皮肤一样把它包裹了起来，要想进院子必须打开用带褶儿的厚木板做的高高的木门。

第二个是磨刀的。一个叫声盖过了老头和他的磨床发出的声音。叫声从街上传来，没打开木门就穿透了篱笆跳了进来——拼命的、狂野的、刺耳的叫声。

"磨——刀——！"

这个利刃般的叫声让人感觉很不舒服。它让人措手不及，就像晴空里的一声惊雷。可能是先知以利亚坐着双轮马车向我们这里飞奔而来，他现在就要开始惩罚那些敷衍了事和不学无术的人了？

　　木门开了，进来了一个干瘦的老头，他有点儿无精打采，瘦小又难看，而且似乎很恶毒。他肩上扛着一个轮胎，刺耳而烦人地叫着，让人想用手把耳朵堵上，远离这个穿透一切的声音。

　　然而他却把轮胎放在了院子中央。他从邻居们那里接过小刀、剪刀、铁钳、锯子、大钐刀和镰刀——看了一眼，小声地嘟哝了几句，就快速转起了轮胎，把那些刀贴在上面——于是轮胎上开始溅出火星和火花。

　　这就是火轮马车的轮胎！我们跑远了一点，以免闪电一不小心击中我们，落到光着的膝盖上。但老头斜眼看着我们，叫我们过去：

　　"过来点，别怕……"

　　但是我们不相信这个先知，我们躲到了大人们背后，眼睛一动不动像着了魔似的看着他：火从石头和铁中诞生出来！

一天中午，这个老头走进我们院子，院子里除了我一个人也没有。老人向我走来，我十分害怕，试图往台阶边上跑。但我的脚不听使唤，我只好在草上爬，艰难地靠手移动，就像在黏糊糊的水里游泳似的。老头向我靠近，追上了我。我吃力地爬上台阶，感觉到他从后面抓住我的领子、后脖梗、后脑勺——抓住我的一切，把我的脸压到地上。

这时他拿出自己的刀——我被抓住了……

一个人也没有，只有叫声：

"磨——刀——！"

第三个老头住在售货亭里，在柜台后面。他戴着大黑帽子，每当我和爸爸去他那儿的时候，他一看到我们，就从柜台里伸出头来，个头高了一倍。他每次看到我和爸爸都很高兴。向我们挥手，和我们交谈，然后微笑着脱下帽子，从袋子里拿出书来。

他的柜台下面有一个装满书的袋子。他每次都从那里拿出点让人惊讶和感兴趣的东西——某本神奇而少见的书，我和爸爸总是非常开心地买下来。但是买卖、钱，这不是最重要的。重要的是我们又跟他见面了，彼此都感到高兴。他可能是个瘸子，也可能没有手——我看得不准确，但是感觉他缺点儿什么。

可能他正因为身体有缺陷才戴帽子，不过他有口袋，能像魔术师一样从那里取出我们想要的东西。

读书的人需要手吗？书如此吸引人，以至于你坐在那里看得出神，觉得自己没有手也没有脚。书籍能治愈人的疾病，当你读书的时候——你好像变得完整了。

这三个老头活在我的梦里，并将继续活着：砌炉子的老头、磨刀的老头和那个卖书的老头。

第二章

家

鹅，鹅

我和爸爸骑着摩托车在乡间的道路上飞驰。到处都是鹅，它们不断向我们鞠躬，然后扬起自己的嘴向我们致敬。似乎整条路都挤满了鹅。

我问爸爸："为什么这些鹅要向我们鞠躬？"

"它们得那样喝水，把水吸到嘴里，再把嘴往上仰，然后水就像顺着管子似的流下去。"

爸爸的回答当然很有说服力，只是我不明白，为什么它们不能像人一样直接吞下这些水呢？而且为什么所有的鹅一看见我们就急急忙忙冲上来喝水呢？

我们到了奶奶家。奶奶在村子里有自己的房子——一间农舍。农舍里有干净的白油漆的味道、炉子的味道和黏土的味道，还有阳光和影子的味道。阳光闻起来像热乎乎的面包，而影子闻起来像牛奶和酸奶油……

在农舍的门口挂着长长的帘子，从地板一直到天花板上，上面盛开着火红色的玫瑰。奶奶在我们来之前打扮了一下，她的裙子上有大朵的红玫瑰。当她走起来的时候，好像火焰在熊熊燃烧。

奶奶的名字叫多姆娜①，我从来没听说过谁叫这个名字。多姆娜——这可能是房子的意思……

每次爸爸到奶奶这儿来的时候，他一刻都不离开她——一直跟她说话，寸步不离地跟在她身后，坐在她旁边——只跟她一起消磨时间，从来不一个人待着。所以我已经没有单独的爸爸或者奶奶，只有爸爸—奶奶，如果我表现不太好，他们就像一个人一样，对我拍拍手，跟我说点什么，总的来说，他们成为了不可分割的整体。这个爸爸—奶奶会紧紧地抱住我，把我从这双手换到那双手，唱着小曲儿哄我睡觉。如果我走丢了，他们就用两个声音喊我，四处奔跑着找我。或者如果我做了什么在他们看来很可笑的事，他们就会用两个声调哈哈大笑起来。

尽管有爸爸的解释，但鹅的事还是让我放心不下。有一

---

① "домна" 跟俄语中的 "房子"（дом）一词相近。——译者注

次，我趁爸爸—奶奶没注意我，从桌子后面溜出来跑到了院子里，高傲的鹅先生在奶奶的院子里住、散步和用餐。这时候它们又开始鞠躬。鹅围在用来给它们喂水的旧平底锅旁边，它们围着它，往地上鞠躬，把嘴伸进平底锅里，再抽出来，然后把头高高地向上扬起。这群鹅时不时地发出满足的叫声。我聚精会神地观察着它们。我有一种强烈的感受——它们是故意在我面前表演给我看的。它们排着队把鼻子伸进小水洼里，水洼里漂浮着各种各样的垃圾、毛发、硬壳——天知道在这乡下神奇的水洼里漂浮着些什么！

最神奇的是水没有变少。可能鹅并没有喝水，把嘴弄湿只是为了转移视线？这得好好研究一下，我趴下来，低下头，伸长脖子——试着用嘴唇去碰水。成功了！我吸了一点水在嘴里，然后一挺胸，把鼻子往上一仰——我试图像鹅一样把脸向后仰，让它朝着太阳，然后享受地眯着眼，尝了一口这暖暖的带点甜味的乡下的水。水顺着嘴唇流了下去，几乎没有进到嘴巴和嗓子里。原来喝起来这么困难！那些鹅怎么能喝得那么开心呢？

我睁开眼，从下面向我伸过来几只长长的像蛇一样的白色鹅颈。它们从四面八方惊讶地看着我，微微摇头……鹅摇着头，而爸爸—奶奶已经跳到了台阶上，拍着手数落起来：

"傻孩子，你干吗跟鹅一起喝水！那儿的水多脏！你要是找我们要水喝——难道我们不给你吗！"

爸爸—奶奶向我走来，鹅向四处跑开了，我不满地嘟囔着说："我想喝点水，但是你们都很忙，我不想打扰你们……"

爸爸—奶奶笑了，他们又惊讶又难过，可能甚至有点羞愧，他们有一个那么不爱干净的儿子—孙子。

但从那以后他们又会不断地讲起，不断地互相提醒，并且把这件事——我跟鹅一起喝水的事，向所有亲戚重复几百遍。讲述中不仅流露出斥责和关爱，还有惊奇。他们仔细观察我，观察新的一代，想着孩子们怎么变得这么奇怪呢？要知道他们自己从来不会想到去跟鹅一起喝水，跟狗搂着睡觉。他们很想知道，是现在的所有人都会变成这样，还是只是他们的儿子、孙子长成这样了呢？

行李箱

爸爸去了售票处，我跟妈妈坐在行李箱上。爸爸跟我们说:"看看这周围吧!"

于是我们就全神贯注地看了起来。我们在长椅上坐着,太阳烤得让人难受,空气中有铁轨枕木的味道、燃油的味道、烧过的钢铁的味道、刹车的味道,最主要的,当然还是危险的气息。

别人的手和眼睛在四周搜寻:他们会快速敏捷地抓住我们的行李箱,然后行李箱开始颤动、摇晃、跳跃、活了过来……

我们把手紧握在行李箱上,虽然一共也只有两个箱子:一个大的,一个稍小的。这些行李箱非常敏捷,只要你手一拿开,它们可能就跳着逃走了。因此我们连脚都放到了上面,支着不听话的行李箱,好像一窝小马似的,需要把它们看住,以免它们溜了。那些路过的人们,像魔术师似的挥动着彩色连衣裙的人们,朝着太阳眯缝着眼睛并用眼神召唤着行李箱的人们——这些都是行李箱驯养员。它们在周围一个接一个闪过。我的脑袋有点晕,想闭上眼睡一觉,但无论如何也不能这么做。因为睡着了就会被他们从长椅上挪到地上,跟行李箱一起被扔进垃圾桶里。

我们的行李箱中没有任何东西会让经验丰富的驯养师感兴趣，但是可能会有什么笨蛋对它们有所企图，某个刚好需要妈妈的连衣裙、爸爸的呢帽或者我的水兵服的人。

必须要看好行李箱，让它不被拖走、拉走、顺走。总的来说，不让它以任何方式被偷走……

瞧，比如这个叔叔，你以为他只是普普通通地走过去吗？他已经第三次从这儿经过，而且一直盯着我们的行李箱。他没带什么东西，好像在闲逛，跟我们的行李箱没有一点关系似的。但如果我试着转过脸去，把脚从箱子上拿开，这个叔叔肯定就会眨一下眼睛，行李箱会立马跳起来，离开原地，跟着叔叔走，而这个叔叔则瞬间消失得无影无踪。

我想上厕所了。但这太危险了，因为我得坚守岗位，不能离开行李箱，但我很想上厕所。于是我决定把岗位交给妈妈，然后离开一小会儿。厕所在月台的尽头，到那儿还得走很久，要穿过人群、旅行箱、麻袋和枯萎的灌木丛。终于到了厕所——一个没有窗的厕所，墙上的白漆已经斑驳。在这里需要非常小心，因为突然一下子就可能被悄无声息地抢劫了：用刀把你逼到墙脚，强迫你把兜儿翻出来……但是这里有一股臭气，能让你一下子忘记危险，因为眼睛感到刺痛，呼吸暂停了——根本不可能呼吸这种空气，没法吸进鼻子里。

这个时候我想到，一切都是故意安排的：为了让我晕倒在地，然后就把我抓起来藏到地下室里，而那里有一个把人加工成肉饼的工厂。瓦莉卡·马雷舍娃给我们讲过，这样的工厂在兹韦列沃①被揭发过。类似的工厂在利哈亚站和危险的波帕斯纳亚站也有——他们存在于所有客流量大的大型铁路枢纽站上。在那里人们神不知鬼不觉地就可能被偷走，甚至没有人发现一个乘客是怎么消失的。他从一个地方出发，却没有到达另一个地方，找遍整条路也找不回来。

瓦莉卡在一个黑漆漆的夜晚给我们讲了这些，我们坐在小长凳上，挤成一堆，听她讲一个人在肉饼里发现了指甲，警察就开始调查（从莫斯科来的警察——因为所有当地警察都跟工厂有勾结）。莫斯科不得不派来了最高长官，只有他

---

① 兹韦列沃，俄罗斯罗斯托夫州城镇。铁路枢纽。产煤。

才不会捞取贿赂——人油肥皂和人肉饼做的贿赂。他调查出来地下有一些工厂，在那里人被做成肉馅，骨头被磨成粉末，肥肉被做成脂油。那里的一切，都是为了把人杀死然后在食堂里出售。但是那个把指甲粉碎成肉馅的机器坏了——指甲就跑到了肉饼里……

据说他们特别喜欢小男孩的肉——当瓦莉卡讲到这里的时候，我吓坏了：天已经黑了，树木被风吹得摇摇晃晃，树枝之间有星星在闪烁。树就像从地里伸出来的手臂，而树枝就像巨大的黑色手指，颤抖着伸向我们。

这下我也落到捉人的陷阱里了，马上我就会被这恶臭熏倒在地上。这个没窗户的小屋里会打开一扇特别的门，然后我就被带到了工厂里……

我一下子从厕所里跳了出来，吸了一口气，那空气带着熟悉而亲切的烧过的钢铁和枕木的味道——谢天谢地，这下我又活过来了！我沿着月台向妈妈飞奔而去，总算逃过一劫！一切正常。

我想这里的一切都是刻意安排的——为了让男人们去售票口签票，而这个时候女人就留下来跟孩子和行李箱待在一起——这样可以选择偷孩子或者行李箱，看需要什么。究竟什么是签票？是谁想出了这个主意呢？不过就是往票上打一些洞。谁需要这些洞呢？有票就是有票，为什么还要往上打洞呢？

这是专门为杀人设计的，为了转移注意力，然后偷窃、抢劫，把人做成肉饼或肥皂。

然而幸运的爸爸回来了——他成功地在车票上打了洞；他把票塞进了小窗口，虽然在窗口边上有好多高大魁梧的叔叔挤来挤去，但他挤了进去又挣脱了出来——票也打好了洞。真正的英雄！

已经没什么可怕的了，只需要等两个小时，我们的火车就会到了，我们会钻进车里去往下一个枢纽车站，下一个换乘点，而那里又会开始同样的故事，一切又从头再来——又得签票……

不过暂时我们不管这些。谢天谢地，一切都顺利过去了——没有人被做成肥皂，而我们的行李箱也完好无损。

可怕的叔叔

　　新年前夜，雪开始融化了，大地上布满了带着碎冰的黑色水洼。爸爸把枞树带回了家里然后又去工作了：那儿出了什么事儿。他可是邮电工作人员，邮电通讯是不能中断的——附近矿井和工厂里的人员营救都要靠它。一旦通讯中断了，马上就可能有事故发生。

　　难道我们要在没有爸爸的情况下迎接新年吗？他不得不跟维修队一起经过这些恶心水洼到很远很远的地方去寻找断线处——他赶不回来了吗？我躺到沙发上，转过脸去对着墙。这也算过节吗……

　　妈妈说应该打扮一下枞树。可是没有爸爸怎么能把它摆放好呢？我们从前总是一起布置它。不过给他一个惊喜也很棒！我在储藏室找到了一个十字支架，把枞树插在了上面，然后用钉子把树干固定在了十字架上。我们拿出一个装着气球、玩具、彩色拉花和纸质花环的盒子。我才刚把第一个玩具——小小的"严寒老人"^①——放到树枝上，门铃就响了起来。

这会是谁呢？

我们打开门，门口站着一个不认识的叔叔。他祝我们新年快乐，然后说他从爸爸那儿给我们带来了礼物，并且要帮我们装饰枞树。叔叔看起来不像坏人，我们把他放了进来。他开始帮我们。我们一起欢笑，玩闹，整理玩具。

他拿出闪闪发光的天使——有点像"严寒老人"的孙子和"雪姑娘"的兄弟。突然间这个天使在我眼前变成了一把利刃，一把钢匕首！

叔叔说，他现在要杀了我们。我跟妈妈手里拿着气球，吓得一动不动。这是怎么一回事呢？在和善的帮手和"严寒老人"的外表之下，闯入我家的竟然是一个强盗吗？我感到十分恐惧，吓得魂不附体，一个字也说不出来，手指都在颤抖。我看了一眼妈妈，她也一样……

就在这时，这个不祥的客人说："我开玩笑呢。"他笑

---

① 是俄罗斯传说中的新年老人，和"雪姑娘"一起给人们送去新年祝福，类似于西方的"圣诞老人"。——译者注

了一下，把匕首送到我鼻子跟前：这是一个空心的短佩剑，是用来装饰枞树的玩具，在百货商店就有卖。他把短佩剑挂到了枞树上，我们继续一起装饰它。一切都棒极了，心里一块石头也落了地。我们怎么能把他往坏处想呢？他那么快活又友善。我们已经跟他混熟了，还跟他一起唱歌。但我心里产生了一丝怀疑。我们这位客人究竟是什么人呢？这个自称"严寒老人"的人是从哪里来的呢？除了他自己说的那些以外，关于他我们还知道什么呢？

突然间他似乎又发疯了……他从腰间抽出一把刀来——绝对是真正的刀——然后挥舞着喊道："杀了你们！"

我感到天旋地转，向沙发爬去，脑子里一片轰鸣，红点在眼前晃来晃去。难道我已经被杀了吗？

当我睁开双眼的时候，发现一切又都井然有序。客人开着玩笑说着俏皮话，妈妈在一边笑着：浓浓的节日气氛。但我已经不想等他第三次掏出刀来了，我悄悄地从沙发上爬下来，靴子也不穿就从家里溜走了。我从大门跑了出去，躲在屋子的转角处。我听见一楼邻居家的门开了，那里很吵很欢乐。必须警告他们有危险！这个可怕的叔叔可能也会去他们家看一眼呢……没有人能躲得过他！怎么办呢？于是我决定跑到父亲工作的地方。如果我能在那儿碰着他，他就能用通讯设备发动整个城市的人——通知警察局，叫来消防队，所有人都将集合起来——抓住这个坏蛋！

我慌不择路地飞奔起来，穿着袜子在冷水洼间跳来跳去。袜子是毛线织的，很厚——碎冰没有割破脚掌，只是被扎得有点疼，就像谁试图用爪子抓住我的脚后跟似的。但是我每次都挣脱了！很快我就飞奔过了两个街区，这儿就是挂着"通讯中心"牌子的熟悉房子。

啊，太好了！爸爸在自己的办公室里！我在门口大喊：

"那儿有个可怕的叔叔！他在我们家里！他马上就要占领整个城市了！快给警察局、消防队和急救中心打电话，得把他抓起来！"

爸爸不明白发生了什么。他把我裹进皮袄里，放在椅子上，脱下我的袜子。我催促他说：

"快点！快点！一会儿就迟了！他会骗过所有人！"

爸爸不相信我。他拿起话筒，拨通号码：

"你们那儿怎么样？一切正常吗？我马上就回来。孩子在哪儿？瞧吧……不知跑哪儿去了？在这儿坐着呢！只穿着袜子就跑来了！"

爸爸犯了大错！他打电话回家了，现在我们已经没法救自己和别人了。我无力改变什么了，就开始大哭起来：

"爸爸，你还跟他说话！他能欺骗所有人，能假装成随便的什么人。他会杀了妈妈然后到这儿来。他会杀了我们，而你还不知道怎么回事呢。"

爸爸那个时候不相信这座城市和整个世界都面临着可怕的危险。后来他们跟我说我患了咽峡炎，出现了幻觉。爸爸那个时候把我抱回了家，一切顺利结束。但是直到现在，我也不知道，如果我没有成功地从家里逃出去，那个时候会发生什么。

嘎斯汽车

汽车名叫"嘎斯"，就像一股小气流似的①——仿佛风

① 俄语中，"嘎斯"（газик）跟"气流"（газ）相近。——译者注

之神。"嘎斯"穿着带扣的亚麻布衬衫。用布头做的搭扣缠绕在货车侧面的栏杆上。盖在车厢骨架上的衬衫微微颤动。我们坐在衬衫底下,像被风抱在了怀里。

"嘎斯"在第聂伯河畔的灰尘中穿行。这不是荒漠里的沙子,不是干涸的大海里的盐,不是……这种柔和的灰尘是由花粉、蝴蝶、螟蛾和长着透明翅膀的苍蝇组成的。它们忙于盛开的花朵的繁殖——是生命的种子,长了翅膀的种子,它们飞往各处,无孔不入。

花粉从一些花朵那里附着到螟蛾身上,又从螟蛾身上撒到另一些花朵那儿——然后继续传播,我们在学校里学过这个。"嘎斯"就在花粉中飞驰。花粉老想钻到缝隙里,灌进衬衫底下,爬进鼻子里:仿佛我们是什么花,由雄蕊和雌蕊组成,我们互相授粉,就能长出梨子或苹果,开出茂盛的花朵,结出果实。

我们所有坐在"嘎斯"里的人是整整一家子,还有叔叔。我们不是花——我在今晚之前是这么觉得的。现在我有点头晕了。到处都是花粉和蛾子:像从巨大的黑暗宇宙中向我们射来的两支白色箭矢，仿佛有人用飞蛾做的箭矢晃花了"嘎斯"的眼睛。

两支闪闪发光的箭矢在"嘎斯"眼前晃来晃去——第聂伯河畔的夜晚和灰尘以这种方式对抗着坏人的入侵。但是"嘎斯"仍旧行驶着，发出低沉嘶哑的吼声。可能它很喜欢行驶，它幸福地拍起手来，那样频繁地发出声音，似乎在吼叫。它为花粉、为夜晚、为自己的力量鼓掌。它为自己感到高兴，向自己鼓掌：它轻松地用灯光向无边的宇宙发射了两支火箭。

我们跟叔叔一起坐在车厢里，坐在容易激动的"嘎斯"怀里，没有说话。其实叔叔可以对我说："你长高了好多！"而我可以跟他说："你变忧郁了好多！"

叔叔身材高大而臃肿，他很忧郁，但不是苦闷的忧郁，是和善的忧郁。

叔叔让我想起盘子。不，不是盛红菜汤的盘子，而是草原上的盘子——当你看着草原的时候，你会发现，它是由盘子组成的。在各个波浪似的缓坡之间，是一些坡度很小的坑，在草原上行走就是从一个盘子进入另一个盘子。就像玩桌面游戏"足球"似的,每个球员周围都有一个坑。球一定会滚到某人脚下。在草原上的这种地方通常有着弯弯曲曲的灌木,长着树,流着清泉,或者有小庄园和成群的农舍围绕在井边和湖边。

在这种波浪一样的缓坡后面,在某个盘子里,住着我的叔叔,还有他的鸡、鸭、鹅、猪、兔子和白菜、葱、黄瓜。他跟它们住在一起,然后一点一点吃掉它们。叔叔的妻子把所有这些都收集起来,煮成红菜汤,然后把它倒进盘子里。小盘子里的红菜汤是用院子、花园、菜园、街道和整个村子这个大盘子里的东西做成的。而这一切又在大盘子里重新长出来,有白菜、土豆、葱。那么多,以至于不仅够叔叔吃,还够他的孩子和客人们吃:家里十分富足。我们喝很多很多红菜汤,这样一来,叔叔盘子里的东西不仅生长在外面,还进入了我们身体里面。

有时候叔叔也到我们这儿来,但我们城里的公寓在公共的楼房里,我们没有能种白菜和胡萝卜的自己的盘子,所以叔叔在我们这儿,不像我们在他那儿那么自在有趣。叔叔来做客的时候总是显得平凡而不起眼。在城里要从公共的、别人家的盘子里吃东西，叔叔感到不太自在。他感觉不在自己的盘子里？^①虽然爸爸很喜欢叔叔——每当叔叔来的时候，爸爸简直高兴得快要跳起来——但叔叔还是感到不自在，有点忧郁。他变得一点都不像自己，一点都不像在自己家里那个叔叔。

难道我们去叔叔那儿的时候也显得这么可怜吗？不！我们在叔叔的盘子里为所欲为。我们在院子里奔跑，爬到苹果树上，因为我们清楚地知道，这一切都是叔叔的，也就是我们的。叔叔准许我们做一切事。这里的一切都很不寻常，在这儿可以做一切想做的事，甚至母鸡也可以爬到苹果树上去乘凉。

每当叔叔要来我们这儿的时候，爸爸很早就开始激动起来。前一天他就已经坐立不安，在公寓或者办公室里走来走去，然后自言自语：

"这怎么可能呢！这怎么可能呢！"

他不相信自己这么幸福，不相信弟弟就要上他这儿来了。

---

① 俄罗斯谚语，表示感到不自在。——译者注

他什么也做不了，完全不能集中精力：如果有谁给他打电话或者来看他，他就用一种困惑的眼神看着对方，也听不见对方说什么。然后回答：

"我弟弟要上我这儿来了，我现在顾不上您了。"

当然，他不会这么说。但是这对每个人来说都太明显了，大家都不来找爸爸了。

然后他就开始从家里往外跑。快傍晚的时候，也就是叔叔坐的公交车应该快到了的时候，他已经变得不能自控了。他担心会不会出什么差错，担心叔叔的火车会不会没到，叔叔有没有顺利坐上公交车，会不会坐过了站……他越来越焦急，最后直接去了车站。

他对我们说："我觉得瓦尼亚快到了！"然后又说："你们爱怎么样怎么样吧。"他的声音里有一种痛苦——他对孩子们那么没心没肺感到生气，他觉得我们对他弟弟要来一点都不在意。不，我们当然在意了，我们很高兴叔叔来——但是干吗这么担心呢？

爸爸飞奔到车站，然后在那里等着公交，转起圈儿来，每当公交车到了但叔叔不在上面的时候，爸爸就更着急了。

他跑到汽车总站那里，希望叔叔可能是坐了别的什么公交车。好像叔叔是个找不着路的孩子似的。叔叔比爸爸小，所以爸爸习惯了照顾他，把他当小孩子看。似乎叔叔白长那么高大那么壮实，白白念完了两个大学，而且他的孩子们都比我大。

我们没办法说服爸爸，他觉得叔叔就在附近哪儿。爸爸等他的弟弟，就像受了重伤的人等着医生来救他，给他包扎，给他药。劝他回去是不可能的。他必须往那儿跑，做点儿什么。

当爸爸最后沉着脸绝望地回到家的时候，叔叔已经在那儿坐着吃红菜汤了。爸爸从门边跳起来，瞬间变了个人：

"你！怎么！已经！在这儿了！我还去接你了！这怎么回事儿……"

原来叔叔很早就下车了……而爸爸已经没法安抚了，他处于一种可怕的慌乱中：没接上自己的亲弟弟！

这兆头让爸爸非常不安。两兄弟在那么近的地方互相错过了，这意味着什么呢？

爸爸都快哭出来了。他再也说不出话来，什么也想不了——只能想这次可怕的错过，把它当作整个家庭的灾难、惩罚和耻辱……

然后就开始了各种问长问短，讨论亲戚们的健康，回忆所有的烦恼和痛苦，还有爸爸对亲人们关心得不够的地方。一切都伴随着这样的惊叫："怎么会这样呢！我犯了多大的错啊！"现在又增加了新的错误——爸爸的最新过失。

我们到叔叔那里做客——"嘎斯"从一个盘子行进到另一个盘子里，向黑暗里射出两道箭矢一样的光。我们头上是拳头大小的星星——似乎每一颗大星星都在自己的盘子里，如果仔细看，会发现它周围撒满了许许多多的小星星，再周围是一些更小的星星。那么小，以至于有可能它们根本不存在。但突然一下子，小星星闪了一下，就像光组成的小婴儿、小种子、小鳞片。这是星尘还是来自大地的灰尘，分不清楚，弄不明白。

风吹得沙沙作响，吹乱了星星的辫子。天空被吹动了，来回摇晃着，像盘子里的肉冻似的。小小的星星们闪烁着，跟灰尘和飞蛾们互使眼色——一个比一个更细小。

这儿的天空多么灵动，多么丰富。星星和细小的灰尘散乱地撒满天空，多么富足。

我们开着车前往叔叔的盘子，伴着风，在它的怀抱里行驶。我们将在院子里的苹果树下，在花朵和星星底下睡觉——那儿的午夜，有母鸡在树枝上挥动着翅膀，像白色的天使一样，撒下苹果花的花瓣，惊起瀑布般的芬芳。

笑与哨

我和爸爸一共只进行过两次严肃对话。

第一次是我们躺在大澡盆里。我那时候是那么小，只比靴子大一点儿……他不慌不忙地说：

"邻居们说，你……"

我感到他非常不自在。他如此小心翼翼地开始这么一个难以捉摸的话题——儿童教育……

这是怎么一回事？谁说的？那又怎么样？为什么不可以？我完全可以向他提出这些问题。他大概回答不上来。看爸爸为自己辩护一定很有意思，但是我没说话。我觉得非常委屈。谈话是关于我和小伙伴们在废弃的仓库里光着身子跳舞的事——但我不觉得这有那么严重，以至于爸爸要跟我谈话。当然，有可能这在某些人看来不太体面——但是我们没强迫谁看我们的舞蹈或者加入我们。

而且这是那么棒！又是那么简单，只需要扔掉衣服，一切就变得不同寻常了。被细小的光线穿透的空荡荡的仓库，光线通过缝隙溜进门里，洒落在皮肤上，把它照亮了——好像小小的火焰在刺一幅由闪亮的点、线、条组成的文身……

我沉默着，仔细地看着伸到水下的双脚，顺从地听着。

爸爸，你教训孩子教训得太久了。等我当了爸爸，得注意少跟儿子进行这样的谈话。

这一切意味着什么呢？为什么你跟邻居们一起，站在他们那边，不站在我这边？

爸爸讲得越来越小心翼翼，我听得越来越难受。我感觉他快完蛋了。

如果我是他，我可能会这么说：

"听着，儿子，邻居们讲了点关于你的事。我没空弄清楚他们说的那些闲话，但你得知道，有人把你告发了。你在那儿做了什么，这是你的事。你没邀请我，我也不生气。可能你准备在大家面前表演，现在要保密自己的花招……好吧，这就是我想给你说的。现在呢，小子，给我搓会儿背。"

但是那个时候……我的父亲受到了糟糕的影响。可能从那时开始我就和他生疏了。

几年后我们才有了第二次严肃对话。起因是院子里的轰隆声：枪声和爆炸声。

这次对话要严肃得多。

但是在这之前我已经练出来了。第二次对话充分说明了问题，我的父亲掉进了一个糟糕的圈子，开始"堕落"了。我已经不能为他做什么了。

他坐在院子里的长椅上。我站在他面前，低着头。

"邻居们说……"

又是这些该死的邻居！瞧瞧他们，你都在跟什么人打交道！这些恶毒的没事儿干的退休老头儿老太太，他们总是第一个出卖你！（关于这些，我当然礼貌地保持了沉默。）

"院子里的生活已经让人不能忍受……"

当然！当我看到这些嘴脸的时候，皮肤上都会爬过一丝寒意。这种人怎么会活在这世上？

"你把大家都吓坏了……"

不对！爸爸，我一直觉得你读了太多报纸，看了太多电视，这是有害的。我算什么恐怖分子？我没有朝人们射击，爆炸也做得很小心谨慎，而且只是为了好玩。如果我的爆炸把谁妨碍了，让他们自己买降噪器或者挑一段儿专门的时间让我试验新的炸药组合。我和朋友们是在进行科研工作，想要发射火箭。这是和平的事业。

"如果你不停止的话……你怎么还在笑？行，给我跪下，说'我不再玩炸药了'……"

爸爸，你醒醒吧！难道你不明白这是暴力吗！这就是你——一个极端分子！你揪住我的耳朵，破坏了不可侵犯的人权……爸爸！你举着手要打的是谁啊？这是我啊，跟你血肉相连的儿子……

你想想自己的童年，难道你不打枪，不玩炸药？

爸爸，你这是怎么了？要知道不久前你还是自己人，现在你完全是外人了……

"好，我不会了，不会了。"我最后迫不得已说了谎……

你要我可怜地装模作样——你成功地让我的活动转入

了地下，我不再在设备齐全的车库里做试验，而是在昏暗的地下室里。你让我冒着生命危险——而这一切都是为了邻居……

爸爸，爸爸……要知道无论如何他们是不会爱你的——而现在我也不会爱你了——只会可怜你，看着你，为你难过……

等我离开家之后，你就会变成一个人，一切会很糟糕的。他们会上委员会和检察院那儿告密："为什么他跟大家不一样？为什么他没车却有车库？这个车库妨碍我们晾衣服了。"工人们会带着铁棍来拆我们的车库，我们的院子会被破坏，变成可以穿过的……而邻居们就躲在自己的公寓里，坐在那儿，从窗户往外看——在那儿生气，发愣，快死了一样——就像窗户玻璃上的苍蝇。

要知道他们讨厌你——难道你还不明白吗——来自坏人的可怕的憎恶，那些人良心上没有一点儿东西，甚至连良心也没有，要知道良心——这是一种天赋。

你还记得你曾给我做过一个哨子吗？你从柳树的绿枝上切下一根小棍儿，灵巧地剥了它的皮，露出柳树那洁白的光滑的肉。在它上面凿出一个小槽来，然后再给小棍儿穿上那层皮，在下面快速地剪上一刀：咔嚓，就有了一个敞开的小嘴。往那缝儿里吹口气，它就开始演奏起来……嘴唇上的柳树汁液苦苦的，它在发出哨声，又在哭泣——柳树是活的。而在树皮底下，柳树光着身子，就像我们躺在澡盆里的时候一样，你还记得吗？

我不得不又一次原谅你。你这么幼稚又头脑不清楚像谁呢？要知道如果我们从一开始就联合起来，那我们早就战胜他们了！噢，他们是多么害怕，多么嫉妒我和你啊：爸爸和儿子一起走在路上，愉快地笑着，吹着口哨……儿子只比靴子高一点儿。爸爸还不会让他受别人委屈，自己也不给他难堪，而其他的一切都微不足道。

爸爸，是你自己教会我吹口哨的啊！

爸爸和间谍

有一天，从那儿来了几个人找爸爸，怎么说呢……爸爸自己讲这个故事的时候，在这里停顿了一下。什么人？从哪里来？关于这些人什么也不清楚，他们说，爸爸的邮电通讯站上有间谍。也就是说有个通讯员其实是美国特务。

间谍做通讯员是很方便的——这是他们四处探听消息时的最佳掩护。他不久前才来到通讯站工作。他们警告爸爸不要告诉任何人。要密切监视间谍，还得再派一个间谍到通讯站工作，只不过是我们的间谍——好间谍，用来跟踪监视坏间谍。爸爸只能照做。于是爸爸的通讯站一下子就有了两个间谍，而他自己则是第三个：需要监视这两个间谍。

他们告诉爸爸，那个坏间谍想要制造事故，他有炸药——一个炸弹，可以扔到矿井里的通风通道里：在那儿，差的空气从地底下被抽出来，而新鲜的空气被吸进去——这样人们就能够在很深的地下呼吸了。间谍要把炸药扔到通风孔里，让整个矿井里的人都窒息，从而发生可怕的事故，然后"美国之声"就会报道说：我们的矿井里发生了爆炸，而政府根本派不上用场。我不理解他们为什么要这么做。

这个间谍已经下定决心了，他已经准备好破坏活动——随时准备进行爆炸。他们告诉爸爸，要把那个人抓起来，并且让他告诉别的通讯员要抓谁，否则他们可能会抓错人——那样就会出现骚乱。

但不管怎样，还是没能一下子抓住这个坏间谍，阻止爆炸：他猜到了有人在监视他，然后就逃跑了，所有人都开始追他：那些监视他的人，那些来抓他的人，还有那些感兴趣的人。要知道你并不是每天都能看到抓美国间谍的场景。坏间谍一看到大家在追他，就跳进了院子里的厕所里。为了不留下罪证，间谍把自己的炸药扔进了洞里。也有可能他是想制造爆炸，让爆破的气浪混合着粪便击中大家，他就可以趁机躲起来。总的来说，这个故事里有很多让人不明白的地方，但他在厕所里被抓住了——这是明白无误的。后来这个厕所被围了起来，人们在里面挖了很久——找炸药。没能一下子就找到炸药，所以不得不用挖掘机把整个地板拆掉，在里面仔细研究。我直到现在也不知道有没有在那儿找到炸药。但后来很长一段时间我都尽量从厕所旁边绕着走，免得出什么岔子。万一炸药还在那儿呢，你一走过去，它就爆炸了。

当然，可能这些都是骗人的，他并不想搞什么爆炸。的确，他干吗要制造事故呢？他又不是法西斯间谍，而是美国间谍，虽然我们跟美国关系并不好——但是我们没有交战啊！可能那儿没有什么炸药，而是什么纸或者薄膜，或者小本子？总的来说，这一切都让人不解，但是事实就是事实：爸爸被告知通讯站有那么一个叔叔，接着他就在厕所里被捉住了。有可能他只是要去厕所，而他们觉得在厕所里他不会使劲儿反抗……

但是从那个时候我开始仔细观察爸爸。我的脑子里开始产生一个想法，可能他也是间谍，只是伪装得太好？可能那些叔叔要抓的不是那个人，爸爸才是大特务、间谍头子，他们抓的只是爸爸的手下？主要是爸爸看起来跟谁都不太一样。难道他在这里要完成非常危险的任务——非常机密，以至于连我都不能告诉？可能他根本不是美国间谍，而是更加重要的特务——从另外一个星球来的，来自另一群智慧生物……

总之，我开始带着不信任的眼光打量爸爸。他是从哪儿来的呢？各种可能的悲剧折磨着我：如果爸爸是间谍的事突然败露了，如果他向我承认了，我怎么选择呢？选爸爸还是家乡？自己的国家还是美国？我们的星球还是爸爸所保护的那个更高级的星球的文明？当然了，我很想选爸爸。但是祖国怎么办呢，如果我诚实地说出一切，也许会成为祖国的英雄？可能按照他们那个星球的法律，爸爸根本不是我爸爸。
我是他特地捡来的，事实上我们家完全是一个间谍家庭，妈
妈也不是爸爸的妻子，姐姐也不是姐姐，一切都只是假象，
我们一起生活只是为了掩人耳目。

我完全沉浸在了自己的猜测中。但最重要的是，我甚至
不是怀疑，而是确切地知道，一切没有那么简单。这里的生
活——去城里的游玩、摩托车、院子里的苹果树和邻居家的
男孩，这里的生活并不是完全真实的，背后隐藏着什么。但
是是什么呢？难道是间谍和爆炸？不，比这还要重要，是就
连成年人也不知道的更重大的秘密，但爸爸可能知道，只是
他暂时不会告诉我。

可能他在等我自己猜出来？

三个桶

我的童年棒极了，以至于后来发生的一切看起来都像是
对它的可怜模仿。童年的我没有钱，没有妻子，没有工作，

但是有爸爸和妈妈。我们家是爸爸说了算，他有着不容置疑的权威。男孩的游戏里没有妈妈的位置。当然啦，没有她做的早饭、午饭、晚饭，我是活不下去的——但这是那么寻常，以至于不易察觉。怎么可能把一顿早饭铭记在心呢？不过就是粥、苹果、夹肉面包。午饭倒还有点分量——红菜汤、甜点心、水果羹。晚饭——炸土豆。其实那时候可以说："妈妈，太好吃了！"

但是我们家不习惯温情脉脉的氛围。

我们不会在睡前亲吻妈妈，也不会突然冲动地说："我爱你……"

我给她说过哪怕一次吗？

生活充满了各种各样重要的事，根本没给寻常琐事留下一点空间：迅速地跑回家，吃点东西，然后又奔向那个有小伙伴、游戏和激情的地方。百分之九十的我是在妈妈的关心照料下长大的，但是却没有注意到它们——就像我们没有注意到百分之九十的自己是由水组成的一样，就像我们完全看不见我们每天呼吸的空气。

我们和妈妈住在一起，但是却像在完全不同的世界。这些世界只交汇了一次——发生了一个故事，一个比所有奇遇和游戏都要有趣的故事，胜过踢足球、射枪和放鞭炮。

但一切其实很正常。

妈妈偶尔会做一些奇怪的计划。她通常在炉灶边上、澡盆里或者沙发上看书消磨时间。我记得她看陀思妥耶夫斯基的《穷人》看得哭了起来。但是有时她会突然从沙发上跳起来，精力充沛地准备干一番大事业。

她充满了创业的积极性，怀揣着各种最大胆的商业计划。她喜欢说："穷日子过够了！"

但是这些商业计划大都以白日梦和嘲笑告终：她跟亲近的人们分享她的计划，而这些人都取笑她。妈妈很不幸，丈夫和孩子都不拿她的计划当真。我虽然在家里是最小的，但也嘲笑妈妈。其实这是不应该的，因为对爱做计划的人来说最重要的是信心，亲近的人的批评会扼杀掉最天才的创举。

尽管如此，有一天，妈妈的计划也吸引了我，是一个关于坐飞机的计划！我分到了帮手的角色：早上由她在我们的市场买三桶樱桃，我们坐上飞机，半小时后到州中心，在这儿樱桃可以卖个好价钱！坐飞机的机会对我来说太诱人了，于是尽管满腹狐疑，我还是决定支持妈妈。

我们早上六点出发去了市场，在那儿买了樱桃，把装樱桃的桶从一只手换到另一只手，轮流帮着把樱桃运到了机场。光秃秃的停机场上停着一个车厢式的活动房屋，上面的抄网迎风飘扬。两架绿色的"玉米机"在停机场上过夜，"玉米机"是它的外号，这种飞机在战争年代就因能够藏在玉米地里而闻名。

我们钻进了飞机肚子里，把桶放到脚下，在短暂的滑行之后我们一下子飞向了空中。我们没有飞到云层之上，但这个几百米的飞行高度已经让人觉得很兴奋了。绿色的大地悬挂在我们下面，被地平线围成了一个圆，从一边摇向另一边，像一个巨大的圣诞树装饰品，套在线上的小球，又像吸管上的肥皂泡。我们在这个球鼓起的一侧的上空飞行。我记得在一个小山丘上看到了一个叔叔的巨幅肖像，一部分是石头砌成的，一部分栽种着灌木丛。于是他的鼻子和额头就像粉笔一样白，而后脑勺上的头发则卷得像真的一样。

套线的小球翻转着，摇晃着，田野和草原在我们脚下奔跑，直到我们在地平线上看到烟囱和大城市的楼房。必须要说的是，这个时候我们的桶一直在颤动，互相碰撞，樱桃往上跳着，想要跑出来，因此不得不用手扶着桶，用手绢盖住它们。我们终于开始降落了，在空中转了一个圈，来到了机场的混凝土空地上，那里停着十辆绿色的"玉米机"和五辆真正的银光闪闪的飞机。伴随着耳边的呼啸，颤抖的手中紧握住樱桃桶，我们降落到了大地上。

我们这项商业计划的结局并不光彩。最后发现，中心市场上的樱桃跟我们市场上的一个价。

现在我觉得这是妈妈最成功的一个计划、最棒的一件事：尽管樱桃没给我们带来利润，但投入这个计划的钱转变成了一些情感。我和妈妈因为这件事联系起来了，大人和小孩的世界在这里相遇了。这次奇遇使我感受到了自己身上来自妈妈的那部分性格：我也喜欢窝在沙发上，回忆过去，幻想一些伟大的事情，然后一跃而起，去干一番大事业，寻找现在市场上最有赚头的生意，只不过不是去卖樱桃……

但我真正明白这一点，是在长大以后。每当我想起这个故事，我就会强烈地想要回到小时候，找到妈妈，告诉她那句话，那句我从来没说过的话，那句我们家里不习惯说的话，但它所传达的感情就像空气一样存在我们周围：

"谢谢妈妈。我爱你。"

现在我只能在梦里说这句话，在"玉米机"里快要升起来的时候，我又看到大地在我脚下摇晃，被地平线包围成一个圆形。

我把自己积攒起来的一切都留在了下面：公寓、工作、工资。

我们坐着飞机飞翔，我们有一堆各种各样的计划。

我们俩拿着三桶天上的樱桃。

穷日子过够了！

第三章

世界

塔尼娅

我一说"塔尼娅",就有什么东西被打开了……就像打开了农舍里的百叶窗,它一点一点从窗户上剥离,光就这样透了进来。

我和塔尼娅从幼儿园开始就认识了。当我们还完全是小孩儿的时候就在同一个班,但是我那个时候不记得她。对她的第一印象是——有一天我和爸爸在散步,突然听到一个刺耳而响亮的声音,有人在叫我,是一个小姑娘。她找我干吗呢?

第一次有人那么高兴地叫我的名字。她牵着她爸爸,向我挥了挥手,高兴得甚至手舞足蹈了起来。我爸爸说:

"这就是塔尼娅,塔尼娅·格拉博瓦娅,你跟她在一个幼儿园上学!"

好吧,我跟她在一个幼儿园上学,但用得着那么大声吗?虽然我对女生非常宽容,但是这种高兴劲儿在我看来也是有失体面的。虽然心里暗暗地感到开心。

"他这是在不好意思呢。"我爸爸说。

从那以后，我心中就留下了一份清晰而好笑的回忆：炎热的夏日，绿色的树叶——在太阳光的照射下反射出亮绿色的光芒，色彩鲜艳，林荫道中间的小姑娘站在一片绿光里，向我招手。

格拉博瓦娅——她的姓让我觉得有点可怕，就像歌里唱的："至——死——不渝的爱情①"。但是爸爸解释说：格拉博②是一种稀少的、奇怪的树，我们这个地方没有。

我和塔尼娅进了同一个班，一起学习了十年，但我们一次也没好好说过话。我看着她的时候有一种特别的感觉……每当我回想起来她那时候在公园里怎么叫我的，就好像知道了她的什么秘密似的。

塔尼娅长大了，变漂亮了。她那明亮的大眼睛发出一种宝石般的棕色光芒。她的唇边有一颗痣，非常可爱，还带点儿亲切。痣，非常有趣的词，好像家乡似的，只是小小的③……塔尼娅成为了一名出色的体操运动员，她总是在市

---

① 俄语中"至死不渝的爱情"的字面意思是"爱到进入棺材"，而"棺材"（гробовой）跟塔尼娅的姓"格拉博瓦娅"（Грабовая）谐音。——译者注
② "格拉博"（граб），一种名叫"鹅耳枥"的树。——译者注
③ 俄语中"痣"（родинка）和"家乡"（родина）两个词相近。——译者注

里的比赛中名列前茅。话说回来，我一次都没去看过她的表演。

　　不知怎的，我就把塔尼娅归入了最优秀女孩儿的行列——真诚的，美丽的，认为她具有各种美好的品质——接着却对她失去了所有的兴趣。高年级的时候，我一下子有了好多重要任务——奥林匹克数学竞赛，准备学院的入学考试……后来我进入大学学习，假期的时候班上同学聚会，我见到了塔尼娅，甚至某天还给她写了信。那次见面的时候，我和她莫名其妙谈到了树叶。后来我找到了一个日本诗人写的关于树叶纹理的一首诗，诗人写了他如何从童年起就画这些树叶的纹路，现在老了开始惊奇地观察它们。我觉得塔尼娅会对这个感兴趣，就把这首诗抄给了她……之后，我很久都没回过家，没有见过她，只是听说她一直没有嫁人，拒绝了所有的求婚。

　　后来她离开了家乡，现在在一个安静的小城做体操教练，教小女孩。

　　现在，我不知怎么经常会想起她来，想起老师在德育课上对我们说"现在请市体操比赛冠军塔尼娅·格拉博瓦娅为我们表演……"然后穿着紧身衣的塔尼娅就从门后跳了出来，在一排排座位之间活蹦乱跳——侧手翻，倒立，末了还靠在黑板上劈叉，她的头骄傲地侧向一边。她的姿态总是完美无瑕……

等她不跳了，就歇口气，又开始唱歌，声音洪亮、清澈、高昂，宝石般的眼睛环视着所有人。我那时就想："塔尼娅是个真正的美女！"然后移开了自己的眼睛。不知为什么，我那时觉得这所有的一切都是塔尼娅专门为我做的。可能我那时候是个自大狂吧：一直在奥林匹克数学竞赛里名列前茅。现在我知道了，好的歌曲能唱进每个人的内心：

> 哪怕那片土地更加温暖，但家乡却更加可爱，
> 亲爱的小鹤，请记住这个词吧！

塔尼娅，这个幸福的秘密就这样留在了我的童年里。为什么她在公园里碰到我和爸爸的时候，会那么开心地叫我呢？

小马达

我们车库里有两辆自行车，都是运动自行车。这两辆车都是因为姐姐添置的——一辆是给她买的，另一辆是自己跑来的：追求者骑着它来找姐姐，然后他成了她丈夫，接着他改骑了摩托车，而自行车就给了我。这个自行车有点浮夸，是赛车型的。车轮轮箍很细，取代内胎和外胎的是一根细细的管子。弯成羊角一样的车把的末端有两个刹车手柄。车架上有两个像肾脏一样的变速杆。总的来说，这是一辆非常棒的自行车。追求者就应该坐这种自行车！

我负责保证自行车的完好无损，照看好它们。我给它们补胎，拆修轴承，在修理室焊接断裂的零件：在固定轮胎的地方，也就是车架末端，有一个角状零件，轮胎的轮轴就加在这里，但这个角状零件老是容易断。我让朋友们骑我的自行车玩儿。我感觉自己像一个老爷，牵两匹马出来遛，并把其中一匹交给朋友。有时候我们骑到了城市郊区的危险地带，那儿有一些像流氓一样的坏小子。但一切都非常顺利：我们的考察团去林子里摘杏，去森林里观光，去城市的浴场上玩耍。

突然一个男孩有了小马达自行车，然后另一个也买了……这是什么东西？就是在普通自行车上加一个跟鸡差不多大小的铁家伙，然后自行车就开始自己动了，只需要踩一下油门！

我第一次坐带有小马达的自行车是跟一群朋友一起。小马达发出打喷嚏一样的声音，别人帮我发动好了，告诉我："放开离合器操纵杆，把油门把手转到自己这边。"

我不相信操作流程这么简单，还以为有什么陷阱，在座椅上舒服地坐下后，我扳动了离合器。自行车在我身下缓慢地动了起来。它自己前进着，我不需要使一点劲儿。这太奇怪了，以至于我都慌了神。本来应该踩在踏板上的双脚像两条鞭子一样搭在车身两边。我变得非常沮丧：这感觉就像你张开手脚躺在海面上，水推着你，把你举到水面上，你只偶尔动动手腕。这种惬意的瘫软的状态在这儿出现了，只是现在我可以动手操控带我走的这股水流。转一下手，水流就变得更强劲了，小马达也响得更大声，载着我前进……这种感觉我永远也不会忘记，它是那么不现实：阳光灿烂的日子，朋友们围成一个圈，而我骑在车上，不费一点儿劲地随风前行。小马达自行车就像一头被驯服的野兽，能够执行你的命令——手一挥它就能加速、减速、转弯，载着我贴着地面疾驰。某个瞬间我觉得这是一块飞毯。

把两辆自行车放到一起，并不能凑出一辆汽车。小马达自行车给人一种移动的体验。这是一种原始的体验，这种体验在小汽车、公交车、火车和马车中都已经遗失了。这是被装进了鸡一般大小的铁块里的马的力量，真神奇……

不久后，我把自己所有的宝贝凑到一起：邮票、火药、旧表，用它们在同学那儿换了一个小马达。不得不再补上一点钱——确实值这么多。虽然马达不是新的，但重要的是它能用！谁也没试过把小马达装在运动型自行车上，就在这时候邻居正好给了我一辆旧的"哈尔科夫"。

我和朋友一起把小马达装到了车身上。我加入了一群少年当中，在城市里骑着"铁公鸡"到处飞驰。"铁公鸡"在我们身下咕嗒咕嗒叫着，我们坐着它飞翔在大地之上，有点像讲匹诺曹的书里写的，木偶男孩骑着公鸡飞驰。这时候我自己也变成木头的了，变得没有知觉：对任何东西都不感兴趣，除了速度。我们开始骑到离城市二三十公里远的地方，参观苹果园和附近的村庄、城镇。小马达增强了力量，改变了世界：使远的变近，近的变远。我几乎不再出现在朋友们玩耍的院子里。他们是好家庭的孩子，喜欢书，学习成绩好，没人会准许他们整天整天地不知道在哪儿瞎晃悠。

　　我们的"马达帮"是由一些不坏但好动的小伙子组成的。我们不守规矩，骑在车上喝酒，用枪射空酒瓶。我们校长是一个礼貌而有分寸的人，在跟我爸爸见面的时候隐晦地暗示他说，我可能会给他丢脸。他发现我掉进了一个坏圈子！事实上我们这群人很好，我们没干任何坏事，如果说我们偷了苹果、向日葵、豌豆和玉米棒子，那它们是自己长在大地上的，我们跟大家一样有权利享受。

　　我们整天整天地在路上骑行，迎着风徜徉在乡间小路上。我们的路穿过一座座古老的山峰，这些山在几百年中逐渐散落破碎，成为了一连串小山丘。小马达自行车把一串山谷和山峰变成了一个个巨大的秋千——在半个小时里使劲轰鸣着把你带到高处，接着低飞，然后加速翱翔……下坡的时候不踩刹车是最爽的——几分钟就飞驰过那么长的距离，速度提高到每小时一百公里！

空间变成了时间。我们破解了古老山峰的语言：这几百万年的成果在于，骑着小马达的人可以在山间骑行，就像在巨大的石头秋千上摇荡一样。

这是富有生气且敢于冒险的人们的摇篮——心脏在胸腔里时停时跳，小马达赋予了它能量，而这种能量是不容易控制的。小马达本身只比人的心脏大一点，它的功率相当于一马力。就在这儿的某个地方，在南俄草原上，人们驯养过马匹。这是一万年前的事了——历史正是从那时候开始的。文化就是把自己的力量和自然的力量结合起来的能力: 和野兽、植物、马、粮食结合起来的能力。难怪肯陶洛斯①是技艺的象征和古代知识的守护者，而长翅膀的天马"珀伽索斯②"则是灵感的象征。

---

① 古希腊神话中半人半马的怪物。——译者注
② 古希腊神话中的马神，长有双翼，是美杜莎和海神波塞冬所生。——译者注

　　我们逐渐掌握了技术，驯服了马达。有的人就这样一直被马达深深吸引着。现在，当我在莫斯科街头看到摇滚迷的时候，我还会想起跟小马达一起的幸福时光。

　　这段时光结束得非常突然而且莫名其妙。我突然之间对跟马达有关的一切完全失去了兴趣。可能我已经骑够了自行车，荡够了摇篮，就从里面跳了出来？但又有了其他令人激动的事，而且一下子有了两件——运动和爱情。每当看到毕业年级的姑娘的时候就感觉到一种甜蜜的悸动。奥莉加·冈察洛娃长得很像小学历史课本上的古希腊罗马女神。我往女神打排球的体育馆里看了一眼之后就对此深信不疑。我的朋友们跟奥莉加在一个年级，我可以通过他们打听她的消息。姑娘进了市排球队。尽管对于初学者来说我的年龄有点大了，但我还是决定去他们那儿训练。我现在只骑运动自行车，每天尽可能多地往奥莉加住的那条街骑。

　　我甚至还干起了大事——领导学校的体育委员会！精瘦的军事训练课老师把体育馆的钥匙给了我，这样我就可以在任何时候带朋友们进去了。他为什么要这么做呢，我弄不明白：难道是奖励我在步枪射击考试中得了 95 分吗？给我钥匙的时候他阴沉地说，两害相权取其轻。事情似乎和那个跟我竞争这个光荣职位的对手有关——一个更加有运动细胞，但不太可靠的小伙子。

我们每周日都在体育馆集合，激动得又蹦又跳，拍打那个用皮包裹起来的空气团。体育馆变成了某种俱乐部。我不是专业运动员，不知道怎么正经地打球：才打排球不到一年，但这不妨碍我成为校队队长，带大家去别的学校和城市参加比赛。我打得并不比别人好多少，但是我手里有体育馆的钥匙。我们甚至打赢了毕业年级的学生，在学校的冠军赛上获胜。

奥莉加本应该发现我的成就，然后奖励我哪怕一个目光，但她的目光毫不在意地掠过我的头顶，也掠过学校里别的男生的头顶。她不注意任何人，始终一副淡然的样子，就像古希腊罗马女神脸上特有的那种神态。她甚至打排球时也很平静，只会在那大理石般光洁的脸上泛起微微的红晕。令人惊讶的是，她那在我看来无比耀眼的美丽不知为什么并没有被其他人发现。

我只见她生过一次气。有一天我那个有着奇怪姓氏"利波达特"① 的同学不知怎的居然往厕所里看了一眼，那个时候她正在里面。利波达特不知为何马上跑来把这事告诉了我，这个时候怒气冲冲的奥莉加正好经过我们身边。那时候她假装没看到我们，然后她开始对我们视而不见——比以前更加视而不见！我知道她爱去厕所，我就经常在体育馆附近晃来晃去，那间女神爱去的厕所就在体育馆里。其实利波达特什么也没看到，这只是一个寻常的校园玩笑。那个厕所很特别，厕所上没有标志，女孩、男孩、老师、运动员都可以使用它。私下里大家都认为这个厕所是给校长用的，因为他的地位很高——这个厕所里有纸，干净的洗手池上还挂了镜子，但同时它又像其他公共厕所一样并不豪华。

毕业晚会结束了，女神考进了大城市的一所学院。从那时起我再也没听说过关于她的任何消息，虽然我感觉自己不止一次看到了她。但是我一点也不确定——她是那么完美无瑕，以至于没有什么突出的特点。我可能一年之后在市里的一个诊所里碰见过她——但是那个很像奥莉加的姑娘笑得很大声，在跟一个傻子开玩笑——我打消了她可能是我的女神

① Липодат, 词素 Липо (利波) 意思是"脂肪"，词素 дат 意思是"给予"。

的念头。我从来没有见过我的女神笑。可能她在大城市学会笑了？但是这么一来她可能也有了什么别的特点——失去了那些我曾经爱过的特点。

我的第一篇自主命题作文就是献给她的。老师给我们的题目是"我为什么喜欢自己的朋友？"我觉得这个题目太俗套了。为了表示抗议我写了一篇"我为什么喜欢自己的女朋友[①]"，我的故事写得非常成功，老师还给全班同学读了一遍。我很难为情，但又能怎么办呢？不管怎样我没有说她的名字，而且她在那之前已经毕业了。我跟她一次话也没有说过。在我快毕业的时候收到了一封奇怪的信，信上祝我顺利考上大学。信是一个姑娘送的——但是可以判断，这是另一个姑娘，一个被我忽视了的姑娘。

有一天，我收到了一封回信地址为 olga@motor.ru 的电子邮件，所有这些回忆都涌上了心头。

Ru[②] 这意味着俄罗斯，motor[③] 让我想起小马达，而olga[④]

---

① 这里不是指恋爱关系中的"女朋友"，而是普通的女性朋友。——译者注
② ru 是俄罗斯域名。——译者注
③ 英语，马达。——译者注
④ 俄语名"奥莉加"的英文版本。——译者注

则是我无论如何也难以忘怀的。

豚鼠和老鼠

豚鼠身上有三种颜色，很漂亮：沙土色的身子，白色的脑袋，墨点儿的耳朵。远远看上去像一个手套。它像老太太似的迈着小小的碎步，努力把爪子藏在肚子下面。豚鼠在地板上走得那么顺溜，好像它长的不是爪子而是轮胎。轮子上的手套！但是如果你能抓住豚鼠，看一眼它下边是什么样的，那么你会惊讶地发现，那有着粉色斑点的弯弯曲曲的小爪子看起来是多么笨拙而可怜。

它还会大声地哀嚎。当它想吃东西，又听见有人走近的时候，就马上发出响亮的尖叫，就像小猪似的。可能正因如此它才被叫作"小猪"①吧？但为什么要叫它"海里的小猪"呢？据说以前叫"洋小猪"：因为第一批豚鼠是从很远的地方运过来的，有美洲那么远。也就是说人类发现了美洲和豚

---

① 俄语中"豚鼠"是"морская свинка"，直译为"海里的小猪"。——译者注

鼠，而豚鼠发现了欧洲和这里的居民。但是现在谁发现了谁已经不重要了，重要的是活着，相互达成某种协议，给与彼此生存的机会。

　　开始的时候我决定给豚鼠充分的自由，舍不得把这么可爱的"手套"关进笼子里！我在装熨斗的盒子里给它做了一个巢，我大胆地放任这小动物在地上自由活动。但是第二天我的公寓里就出现了刺鼻的味道——不像大街上的厕所里那么刺鼻，但是也不像农村里的奶牛旁边那样自然。得对豚鼠采取点什么措施，它完全不在意我为它做的那个巢，而是习惯于住在沙发底下，而且正好在我睡觉的那个位置底下大小便。

　　可能它的这些行为是在向我表达它对我的无限依恋……但是我们在表达爱的方式上有分歧，于是我运用人类的力量和敏捷抓住了可怜的豚鼠，把它安置到了笼子里。我擦干净地板，开始了平静的生活，只是带着一点内疚：豚鼠那闷闷不乐的样子让我觉得自己对它不太客气。

　　笼子时髦而讲究：透明的塑料盆子，上面盖着一个薄薄的活动钢丝网。如果我一来就把它关进笼子里，它可能不会那么难过：尝过自由的滋味后就很难割舍了。又或者只是我在饲养它上花的心思太少了，应该跟它玩耍，游戏，在房间的角落里留下好吃的。这样它可能就会逐渐变得聪明些，猜出是它在沙发下面大小便的习惯惹我生气了。然而我什么都没有做，我没有考虑过任何的驯服或训练，我觉得平等的生物不应该用这种想法来侮辱对方。如果我们的权利并不平等，那么就让它待在笼子里，免得闯祸。但我会尽可能多地给它蒲公英。蒲公英是豚鼠最爱的食物：它总是吃得很撑，咯吱咯吱地大嚼特嚼，吃光我给它的所有蒲公英。

一天晚上，我在厨房的搪瓷桶里发现了一只老鼠。它到那儿去找吃的。不停地跳着试图抓住桶边，但每次都会顺着光滑的桶壁滑到桶底。拿它怎么办呢？根据卫生要求得把厨房里的老鼠赶出去，让它远离食品。朋友建议用最简单的办法解决这个问题——扔到窗外。但这不是一楼，而下面是柏油马路，所以我觉得老鼠可能会摔死。而且它非常滑稽，长着跟小拇指一样长的神气活现的胡子，就像闵希豪生男爵[①]

[①] 德国文学作品中的经典人物，是一个荒唐无稽的吹牛者。——译者注

那样。为什么要杀死这个小生灵呢？我决定把它放到豚鼠的笼子里，让它们互相解闷。说到做到。我巧妙地抓住了老鼠的尾巴，把这个小东西带到了笼子那儿，打开钢丝网，把它扔进了蒲公英丛里。

老鼠瘦小但胆大。作为大自然的一分子，它对笼子怀着恨意，而豚鼠虽然闷闷不乐时有怨言，但终于还是屈服了。老鼠做的第一件事就是在钢丝笼顶上跑来跑去。这些钢丝跟火柴差不多粗，它的掌窝刚好能够握住，那细小而粉嫩的趾头就从下面紧紧地抓住钢丝。老鼠像空中飞人似的挂在笼子的圆顶下边——只有爪子伸到了外边，轮流露出来：时而右前爪，时而左后爪，循环往复，试图靠它们抓住空气。就像溺水的人在水下快要不能动弹的时候，双手高举过水面那样，老鼠那富有表现力的爪子在钢丝做的浪花中露了出来。老鼠把笼顶跑了个遍，把鼻子伸到每一个缝隙里试探，终于确定这个笼子做得好极了，没有一根钢丝离另一根钢丝超过半个鼠头那么远。这时候老鼠开始发狂似的扑向豚鼠，在它身上爬来爬去，咬它那粉粉的耳朵。豚鼠抽泣着躲到了自己的蒲公英丛里。

不论是野生的，还是家养的小生物，都不愿意向对方表示出友好和善意。我想，豚鼠作为更有教养的个体，会肩负起照顾那毛茸茸的妹妹的责任，给它做一个文明生活的榜样。而老鼠会慢慢地改正，也养成良好的习惯，变得懂事起来。说不定老鼠还会变成一个完全的素食主义者——会乐意咯吱咯吱地嚼蒲公英。

但根本不是那样！我太天真了……笼子里的生活简直变成了地狱。凶恶的老鼠老是爬到笼子顶上，然后从那儿跳到故意藏在蒲公英里（至少老鼠这样觉得）的豚鼠身上。猝不及防的豚鼠哆嗦起来，像被老鹰追捕的兔子一样。老鼠带着恐怖分子似的恨意折磨豚鼠，它把自己不幸的原因归结为靠敌人养活的懦弱叛徒的背叛。豚鼠激起了不屈不挠的为了自由不惜牺牲生命的老鼠的愤怒。

我明白，豚鼠和老鼠都过得很痛苦。对已经习惯了定期得到蒲公英、剩苹果、胡萝卜头和黄瓜屁股的豚鼠来说，出现了一个凶恶的施暴者和侵略者……但老鼠也好过不到哪里去。两边我都能理解，但却想不出什么解决方法。只有给老鼠搬家，但那样一来我对豚鼠和老鼠这两个物种能够和睦相处的希望就破灭了……

　　我拿不定主意，而剧情却开始以一种最诡谲的方式展开。一天晚上，我回到家，发现老鼠不见了。我无比伤心。难道它终于通过活动钢丝网和笼壁之间的那条缝隙溜了出去？我仔细地在蒲公英里翻找，发现了老鼠，它睡眼惺忪地从角落里探出头来，惊讶地看着我，好像在说："哪个无聊的人把我吵醒了？"

　　我幸福得无法形容，也就是说我的梦想实现了，老鼠和豚鼠肩并肩和睦地住在一起，睡在一起，笼子变成了一个小小的友谊之屋——之前的担心都是不必要的！动物只是需要互相习惯，熟悉对方的味道，标明双方的领地，签订好和约。太好了！友谊胜利了，关于豚鼠的愚蠢和老鼠的恐怖主义的想法都是胡说八道：动物们向着对方走去，转身展示出自己最好的一面。像母亲般温暖的胖豚鼠，和儿子一样的小淘气——小老鼠。要知道这些动物都没有家，它们离开了亲人，失去了与血脉相连的同伴的联系。

　　但是第二天我发现老鼠死了——它不再有任何生命迹象。它很可能是被笼子里的气味熏死的。如果说我自己都不能忍受这种味道超过两天，那老鼠又怎么能跟豚鼠的排泄物朝夕相处呢？

我回忆起老鼠来：它在钢条上爬来爬去，伸出爪子，滑稽地竖起它那从闵希豪生男爵那儿拔下来的胡子，乌溜溜的黑眼睛闪闪发光，好像在求我：放了我吧，救救我吧！我跟它相处得并不久，一共就几个晚上，但是这些细节我一直记得。

那豚鼠呢？它是我的宿命吧。既然带回了自己家，现在就不能放弃了。要知道，它就像一个幼小而无助的孩子。即使它有点坏，但不管怎样也是我的。我一边这么想着，一边清洗好笼子，就去摘蒲公英了。

小嘴儿

生物学办公室在一个偏僻的地方，体育馆后面——它有一个单独的入口，从学校的花园进去。这儿是安娜·伊万诺夫娜的地盘：所有的窗户上都爬满了秋海棠，角落里摆着木桶，那儿长着无花果和藤蔓，黑板后面甚至还藏了一个大鱼缸。安娜·伊万诺夫娜在办公室穿着拖鞋走来走去，像在自己家里一样。她似乎也是这个天堂般的小花园里的居民：介于鹿和银鼠之间的一种什么动物。她不凶，甚至很随和，因此成绩不好的学生喜欢上她的课。跟数学课不同，这里没有人拿一堆公式和难题来折磨你。而且安娜·伊万诺夫娜提的问题他们都能回答！他们知道河里捕的是什么鱼，天上飞的是什么鸟，野地里长的是什么草。这些知识拉近了他们跟老师的距离——差生们都尽量不翘生物课，他们安静而慵懒地趴在课桌上，期待老师问点他们不用看课本就知道的问题。

一天，差生们约我翘课出去玩儿。我们在紧邻学校院子的市花园里无所事事地瞎晃悠。花园是在一片墓地上建成的：要么是德国人的墓地——"一战"时候就有了；要么是白军的，也有可能是伤寒或鼠疫病人的。这里的坟墓没有被一个一个标记出来，因此在种树的时候常从地底下冒出了一些人的骨头。差生们用这些骨头赶着一个小球满地跑，努力把它射进一个小坑里。可能这是一种高尔夫球的街头玩法吧。差生们让我加入了他们的队伍，成为平等的一员，不仅给我介绍了这个游戏，还让我学会了喂饱自己的独特办法。

玩了一会儿球后，他们饿了，于是拿来弹弓开始捕麻雀。打死几只可怜的鸟儿，然后拧断头，拔光毛，放到快速生起来的篝火上烤。

我跟他们一起分享这顿野味，配这野味的还有一瓶波尔图葡萄酒。吃完后差生们算出前三节课（历史、数学、文学）已经上完了，准备去上今天的最后一节课——最爱的生物课。

我拖着因为喝了酒而发麻的双腿，跟他们一起出发，想象着我会怎样带着醉意出现在课堂上，然后眼睛避开老师，昏昏欲睡一整节课。他们差生可舒服了，坐在后排课桌，而我的位置在前面，那儿连大气都不能喘。

前十分钟，我像圈里换了新门的绵羊一样呆呆地盯着课本，假装在认真读，勉强听着课。课上在讲关于蝌蚪和青蛙的什么东西，它们在一个什么地方过冬（可能那儿还有虾）。课本插图里的蝌蚪的样子让我特别想笑，又得拼命忍着。我像旁观者一样观察着优等生们对老师提出的问题作出反应，甚至没有像平常在生物课上那样去扯伊尔卡·法莲达的辫子，也没有听到那句"混蛋"。但没有这些纯真的娱乐生活也美好极了：我第一次连着翘了三节课，把街头高尔夫玩儿了个够，尝到了"野味"。除此以外，我还消遣了一节生物课，那儿在介绍着各种各样的动物，而我半睡半醒地听着这些小故事。

生物课还在上着，但它已经离我无比遥远，我甚至感到一种对它的轻蔑，这不是需要费脑筋的数学，而是跟青蛙童话类似的东西。除了物理和数学以外的其他科目都跟我没什么关系，就连做噩梦的时候也没发现他们对我有什么用。俄语还可以，必须要会写，但所有这些历史、地理、生物，对我来说完全没什么意义。

这时候，我在半梦半醒中似乎看到了这样的景象：像一片墙一样的白色大海，颜色跟天空浑然一体，上面有几只大舢板。有人从舢板上取下几只装着水的小盆，里面游着几百只不可思议的小动物。我摇摇晃晃地端着盆子，把它们端进了大房子里，然后从里面取出一只来，惊恐地发现它没有脑袋，但身子上有两排小嘴儿。嘴很细小，就像海星的吸盘，但这不是海星。我转过身，面前有一本书，里面某一页上写着几千个字。我试图看清点儿什么，终于费劲地读出来："两排小嘴儿。下肢的构造请看 1066 页……"

我把神奇的小动物抬起来一点，发现下面有介壳，就像软体动物那样。我又读："喙状介壳，请看 1660 页……"这就像一个猜画谜的游戏，得一直观察这个在我手上扭动的神奇的小动物——读厚厚的书。这时候小动物突然射出了一股水，直直地射进了我眼睛里。

我急忙躲开，用手捂住眼睛——于是醒了。抬头看见安娜·伊万诺夫娜就在面前，她问我："你在干什么？"

那个梦还在我脑海中。于是我傻乎乎地对她说："数小嘴儿。"

于是哄堂大笑。

这时候军事指导员米哈伊尔·伊万诺维奇救了我。他往教室里看了一眼说："来两个人去挖坑！"

我举起手来尽量清楚地说："我可以去吗？"

后来我跟朋友一起在花园里挖了一个小时的垃圾坑，谢天谢地，没在课堂上被发现喝醉了，没发生吵闹，爸爸没被叫到学校……于是我向自己保证，差生的神秘生活和他们的娱乐——用鼠疫患者的骨头玩的高尔夫、捉麻雀和流浪汉式的大餐再也不会吸引我了。

几年以后，我已经是个物理专业的大学生，要选自己的专业方向时，关于生物学的美好回忆让我选择了生物物理学。我在白海①上的一个生物实验站里第一次接触了生物学家的生活，那儿要抓捕各种各样的小动物，根据图鉴研究各种海洋生物，数它们的"小嘴儿"。

于是我在课堂上梦见的景象就像俗话说的那样，应验了。

电话通知

奥林匹克竞赛是一件不同寻常的大事：各个年级的孩子聚集到一起，组成一个古怪的队伍……大家一起写些什么。你旁边可能就是一个同年级女生，本来她可能永远也不会跟你坐同一张课桌。你做的可能就是平常在测验时或写作文时

———————————

① 白海属于北冰洋。在苏联欧洲部分北岸。面积9万平方公里。

做的那些，但过程完全不一样，复杂多了。

　　数学老师安东宁娜·罗曼诺夫娜是一个干瘦但精力充沛的人，就像一个活泼的阶乘，不断给自己乘上更多的数字，开始只是单阶乘，然后又开始双阶乘……循环往复。总之是一个用惊叹号① 表示的非常严苛的东西！所有差生都像怕火一样怕安东宁娜·罗曼诺夫娜。他们知道她的火暴脾气，害怕她给他们乘个零，让他们不得不留级，因为没有什么学科比数学更可怕了。俄语还可以死记硬背，但是数学需要理解，而理解就像运气一样——要么有，要么没有。我很幸运，成功地做对了许多题。所以从小的时候起，差点没从六年级开始，我就泡在奥林匹克竞赛中，与世隔绝。

　　市奥林匹克竞赛，就是来自市里和各个镇上的四十多个学校的学生聚集在一起，拼命竞争……这时候你会看见许多陌生人，满学校都有男孩跑来跑去，但感觉是在足球场上才会碰见的那种男孩。然后是州里的奥林匹克竞赛，这完全是一次旅游：大巴来了，数学竞赛代表团坐上大巴，从七年级

————————
①　惊叹号就是数学中的阶乘符号。——译者注

开始每个年龄段有两到三个人，跟老师一起去往州中心。来自四十多个不同城市的学生聚集到当地的学院里，又开始做题。

　　我参加过州里的奥林匹克竞赛，并且取得了一些成绩。成绩来得非常突然，比赛之后隔了几天，我正在上文学课，门突然开了，教务主任走了进来，说："来了个电话通知。我们的学生在州奥林匹克竞赛中得了第三名！"

　　这时候大家当然都来祝贺我，夸奖我。甚至女孩子们看我的眼光也不像平时那么严厉了。可是朋友刻薄地问："为什么不是第一名？"

　　怎么回答呢？你自己试试……当然了，如果我拼命努力，使劲儿学习数学，你就会发现，可能快毕业的时候我才好不容易拿了个第二名。

　　要想拿第一名是很困难的。州中心有一所专门的数学学校，那里教课的老师是竞赛命题人，所以那儿的学生比我们离正确答案要近。但是不得不说，多亏了老师们，我们的学生也偶尔会得第一名，只不过不是我。我一年又一年令人羡慕地重复着第三名的成绩，就像一直跳着同一个高度的跳高运动员。

我没有一辈子拿第三名，出了一个意外，我一下子升得很高，然后又跌了下来，但一切都还算很正常。

得奖的孩子很快就互相认识了。需要一起准备下一阶段的比赛——共和国的奥林匹克竞赛，我们被送去州中心上训练课。我在那儿知道了谁拿了第二名，谁拿了第一名，小伙伴们都很棒。我记得从邻市来的瓦洛佳，我们每年只在数学竞赛上见一次面，但几乎成为了好朋友。

高年级的时候有了物理课。我把物理题目当作挑战，迎难而上，就像迎接数学的挑战一样。但出现了两难的选择，物理还是数学？我到大学的数学系上了函授辅导班，虽然物理对我来说更贴近生活。

物理老师奥莉加·伊万诺夫娜不太重视我付出的努力。她并不认为我比别的同学优秀，虽然我的物理在班上是数一数二的，大家都来找我问题。奥莉加·伊万诺夫娜对此持一种嘲讽的态度。尽管她很清楚我的成绩，但对此不屑一顾，反而派一些不顶用的男孩女孩去参加奥林匹克竞赛。

奥莉加·伊万诺夫娜跟安东宁娜·罗曼诺夫娜不同，她不像什么函数或者符号。她很年轻，但是爱摆架子，就像自己是什么大人物一样，特别是当她做我们班主任的时候。她知道我在准备入学考试，不会在课上专门问我问题，只有在大家都不知道答案的情况下才会问我。这时候她就以那惯有的玩笑口吻说："得打扰一下我们的小隐士了……不知道他对于收音机的信号与噪音之间的比值有什么看法呢？"

奥林匹克竞赛如期举行，待在教室里不能去参加比赛，对我来说是最大的惩罚。"多亏了"奥莉加·伊万诺夫娜，整个八年级和九年级我都没有在物理比赛中检验自己的实力。得羞愧地承认，那种不公平的感觉还一度让我掉过眼泪。父亲得知了我的委屈，在家长会上说，想看儿子参加一次奥林匹克物理竞赛。奥莉加·伊万诺夫娜表示，奥林匹克竞赛是一个自愿参加的活动，谁愿意去就可以去。不管怎样，爸爸的话起了作用，我的名字出现在了毕业班的推荐参赛名单里。感谢父母毫不客气的支持，我第一次参加了奥林匹克物理竞赛。我又重复了在数学竞赛里的故事——学校第一名，市里第一名，最后是州里的第二名！

　　我第一次跨过了第三名这个坎儿！是时候庆祝一下胜利了。但在一星期后的数学竞赛结束之后，教务主任来班里宣布，从州里来了电话通知，我在数学竞赛中得了第一名。

　　这太光荣了，简直有些不现实。关键在于比赛之后我跟瓦洛佳聊了几句，发现最难的那道题我做错了。我已经做好了什么名次也拿不到的准备，突然间却有了这样的荣誉！我立刻被荣誉冲昏了头。班里所有人都对我的名次感到震惊，我变成了学校里的名人。

　　后来发现，电话通知——简单来说就是一通电话——被听错了。可能线路的信号和噪音的比值太小了……我在数学比赛中得了第五名。

　　尽管我在物理竞赛中取得了优异的成绩，奥莉加·伊万诺夫娜还是没改变对我的嘲讽态度。然而，毕业后我选择了物理作为自己的专业——那个被弄错的电话通知让我生了数学的气。

　　我拼命听着来自未来的信号——听见数学抛弃了我，而物理则将我揽入怀中。

鸡尾酒

　　来了一个通知：邻近的州要举办奥林匹克数学竞赛。比赛由哈尔科夫大学举办，邀请了所有想要参赛的人。我们市也不甘示弱，派出了一个三人参赛队伍，我和两个姓氏听起来很有战斗力的同学——古萨利和施蒂克^①一同进入了这个队伍。来自各个城市的队伍聚集到一起，于是就有了二十人组成的州联队。我们晚上上的火车，第二天早上就到了一个大城市，这样的城市我还是头一次见。第二天举行奥林匹克竞赛，我们被暂时安顿在宿舍里。在这之前我们已经互相认识了，于是决定去参观一下哈尔科夫^②。领头的是祖耶夫——一个身经百战的竞赛选手，他在国际数学和物理竞赛上都拿过冠军。

　　祖耶夫——一个精明的小伙子。虽然他只比我大一岁，但已经不止一次来过哈尔科夫了，所以对城里的路很熟悉。

---

① 古萨利，俄语意思是"骠骑兵"；施蒂克，意思是"刺刀"。
② 哈尔科夫，乌克兰城市，哈尔科夫州中心。大交通枢纽。

他带我们去了苏姆斯基大街，逛了一些逍遥快活的地方：酒吧、小吃店、饭馆。祖耶夫挥舞着双手，摇头晃脑地走在前面：

"就在这家小吃店里，我看见一个叔叔在买灌肠，然后捂着肚子倒在了桌子下面。人们叫来了救护车，把他带走了……"

我们都吓坏了，大城市里潜伏着怎样的危险啊！吃个腊肠都可能死掉！

"在这儿我看到一辆车把一个男的撞倒了……"

当然了，小城市里的车也可能撞倒人，但是在这儿，危险增加了一百倍。因为人和车都是小城市的十倍多，撞车的可能性也就增加了一百倍（我们一下子就算了出来）。

"这儿有几个强盗在大街上袭击了一个阿姨，抢走了她的包。她大声呼喊，但是他们跳上摩托车一下子就溜掉了！"

这在我们市里是难以想象的——几乎所有人都互相认识，摩托车都是登记在册的，所以小偷们立刻就会被抓住……

祖耶夫给我们展示的哈尔科夫就像一个危险的游乐场，是冒险和罪恶的聚集地。在这儿可不能掉以轻心，你随时可能被偷、被骗、被车撞，连骨头都不剩地被吞进肚子里。

此外祖耶夫还给我们讲了一个笑话：

一群农村孩子来到大城市，进了动物园。在那儿，他们被一个装在笼子里的鹦鹉给迷住了。这些孩子从来没见过鹦鹉。他们开始认真观察起来，用手指来指去给对方看，然后哈哈大笑。

"你瞧，那是怎样的鼻子呀！"

"那是怎样的尾巴呀！"

"简直像个小魔鬼！"

"胡说八道！"①

这些嘲笑把鹦鹉弄烦了，它转向这些孩子，看着最大的那个淘气鬼说："傻——子！"

这个孩子吓坏了，一下子从笼子边上跳开，靠在了小伙伴身上，然后他们异口同声地对这只鹦鹉说："叔叔，不好意思，我们以为您是一只鸟！"②

---

① 以上这几句原文为乌克兰方言。——译者注
② 原文为乌克兰方言。——译者注

这个笑话彻底击中了我们。这些乡下来的小孩儿把我们肚子都笑痛了。我们这儿的情况是这样的，在城里大家都讲俄语，在乡下大家都讲乌克兰语。这个笑话里，那些乡下孩子的口音被模仿得惟妙惟肖，不用翻译我们就能明白。身处哈尔科夫的我们感觉自己跟那些呆头呆脑的小孩儿们处于相同的境地。

古萨利发现，这个笑话甚至还包含着数学意义：可以把一个种类的元素（鹦鹉）纳入另一个种类的集（人）里面吗？

施蒂克问："应该根据什么特征来判断鹦鹉呢？"

"用两只脚走路，会说话。哪点儿跟人不一样呢？"

祖耶夫说这让他想起古希腊、罗马的一场辩论：一个人把人定义为两条腿没有羽毛的生物，于是反驳者就把扒光了毛的鸭子给他看……

古萨利和施蒂克沉迷于把数学应用在日常生活中——总是在算点什么，争论点什么。但那个晚上祖耶夫说了算，他是我们中间最有经验的。快要临近午夜了，愉快的闲逛之后他带我们去了酒吧，向我们展示了这个神奇城市里各种各样的酒。

光是鸡尾酒我们就数出了二十种："北极光"（加香槟）、"南方的夜"（加烈性甜酒）、"凤头鹦鹉"（加白兰地）。各种没见过的酒：威士忌、马丁尼、苦艾酒，单是干葡萄酒就有五种。（我那个时候甚至不知道这是什么，挨个儿问小伙伴们，葡萄酒怎么会是干的呢，干的酒是像药片一样卖吗——用来舔？）

在这种地方应该表现得有范儿些，不要在祖耶夫和小伙伴们面前丢脸——虽然我之前完全没尝试过类似的东西，但是在数学小伙伴们的刺激下我决定花掉一部分"小金库"（我存来旅行的钱）。在祖耶夫的建议下，我给自己点了一个名字诱人且看起来很令人吃惊的玩意儿。这杯鸡尾酒不是流进我的嘴里的，而是我在"战友们"的目光下用吸管英勇地嘬进嘴里的，一喝完我就开始头晕，各种圆圈和星星在眼前晃来晃去（有可能我点的是"北极星"）。跟朋友一起畅饮的各种感受我都一一体验到了——双脚发麻，头脑昏沉，胡乱说着笑话。但让我印象最深的是一种全新的体验：我的身体不听我使唤了，就像已经不属于我了一样。就像我买了"南方的夜"之后，我的最后一卢布也不再属于我。

　　我已经不记得我们是怎么回到宿舍的。后来祖耶夫说，他就像勃鲁盖尔 [①] 画的瞎子引路人那样把我们带了回来。我衣服也不脱，就和古萨利、施蒂克一起倒在了床上，立刻睡得死死的。

　　第二天早上醒来我很难受，头痛欲裂，什么也想不起来。好不容易到了大学，学校的样子让我想起一条用积木堆的多头巨蛇。我坐到了自己的位置上，拿到一张习题纸，拼命瞪大眼睛看了两小时，努力分辨出上面到底写了什么。我不确定自己有没有看懂哪怕是一道题，但尽管如此我还是写了点东西，甚至作出了一副在解题的样子。

　　竞赛结果让人难过。咖啡吧的新客们没有取得任何名次，只有祖耶夫勉勉强强做完了题。但是对他这个国际奥林匹克竞赛冠军来说，前十名的成绩也不怎么好。

　　我跟战友古萨利、施蒂克再也没有一起逛过哈尔科夫，

---

① 　彼得·勃鲁盖尔（Bruegel Pieter, 1525—1569），16世纪荷兰画家，在其画作《盲人的寓言》中，六个瞎子相互扶持前进。——译者注

我们分开的时候已经不再是去酒吧时的朋友关系：大家都不再愿意回忆起哈尔科夫的考试失利、酒吧里的欢乐时光和奥林匹克竞赛的结果。

回到家以后，我决定发个毒誓——不再对鸡尾酒着迷。为了显得严肃而郑重，我把自己从儿时起最喜欢的玩具——我的护身符橡皮娃娃阿廖沙——埋在了院子里的车库底下。

这个誓言我从中学十年级起就严格地遵守着。不久前我听到物理学家朗道说，100克干葡萄酒就能让他在整整一周里丧失逻辑思考能力……那烈性甜酒和香槟混合而成的炸药又会如何呢？

夏令营

去夏令营的票是我在奥林匹克竞赛上得的奖。这是州里的示范夏令营，有点像一个小型的阿尔捷克夏令营①……它位于一个神奇的地方——在一片高大的松树林中间。柔韧的带刺的树枝老是往你脸上蹭，随时给你一个锋利的耳光。在营地里走，总得时不时拨开弯曲的光树枝上的小刷子。

---

① 苏联著名夏令营，现位于乌克兰。——译者注

除了必要的娱乐——碎麦米粥、列队训练和乒乓球，我还有别的趣事，跟住我们房间的大高个儿打交道。一年又一年的夏令营已经让他们感到厌烦了……作为领导的孩子，他们大概对生活有着更加深刻的认识，所以整天整天地躺在床上不起来：像海狗一样躺在自己的窝里，有时候用那低沉的嗓子号几句歌。他们特别喜欢关于橡树的歌。我现在觉得这首歌是献给生态学的，可能"海狗们"唱的时候注入了别样的感情：

> 卢克莫列再也没有了。
>
> 松树的痕迹消失不见了……
>
> 农舍里走出一个健壮的汉子，
>
> 砍掉了所有松树来做棺材！
>
> 你别哭，别哭，
>
> 我的心中满怀痛苦和忧伤——
>
> 这只是故事的开头，
>
> 真正的故事还在后头……①

---

① 苏联诗人和音乐家维索茨基（В.С.Высоцкий，1938—1980）的歌《卢克莫列再也没有了》（Лукоморья больше нет）。——译者注

故事的开头就很有趣："海狗们"玩儿牌、唱歌，偶尔不知道去了哪儿——我不记得在营地里碰见过他们——他们的生活总是充满秘密……他们中的一个让我觉得很有好感。一个高大健壮的小伙子，就像从童话里出来的巨人，找不到自己的用武之地，整天在炉子上躺着。我跟他一起下过几次国际象棋。他费力地思考着，还是输了，但他没有失去那种惯有的甚至有点忧郁的平静，因此我开始敬佩起他来。要知道，国际象棋并不是巨人们的必备技能，而其他的一切，他都能带着一种胜利者的镇定来完成，他身上有一种力量。

另外两只"海狗"就比较招人烦。一个瘦瘦高高的，手臂上长满汗毛（就是他扯着吉他弦在那儿号叫），另一个虚弱而萎靡，就像是用老棉絮做成的，眼睛里透出一种混浊的光。他像牧羊人似的盯着满屋子好动的少先队员。在营队行进的过程中人们互相搞恶作剧，互抹牙膏，互抢东西。总的来说，就是进行无聊的傻子能想到的为数不多的消遣。所有这些无聊行为破坏了本可以在夏令营中享受到的无所事事的宁静气氛。

在这种无所事事中，我产生了一些新的感受。比如说那个穿短裤的女孩，今天那样赞赏地看着我，一想起那眼神和她跟我搭讪的声音，我就感到一阵甜蜜……可以跟她聊点什么呢？我闭上眼睛，开始排演可能会讲的句子和对话……这些我在午休的床上编织的幸福对话，总是被那个像棉絮一样的浑蛋打断：他从床上起来，悄无声息地偷偷来到我的床边，一把抓住我的鼻子！

该死！我发狂似的用拳头打他，而他用大手抓住我的拳头，发出低沉的笑声：

"怎么，很快活嘛，小伙子？"

他们就这么叫我——小伙子。的确，虽然我完全算不上小矮人，但是比他们中任何一个都要小上一半，这三个人之间似乎有一种秘密的联系。显然，这样的大高个儿麻烦可不少。就连那个我很有好感的，一起玩过国际象棋的，我曾希望他会帮我的人，也在困难的时候没有理睬我。可能保护小个子不是巨人的任务吧，也许只有跟可恶的怪物战斗的时候他才会展现出自己的实力。

那个时候我明白了，没有谁的帮助可以期待。于是我决定，如果再发生这样的事，我就离开夏令营。这里离家里很远——大概有三百公里，但是我想到了一个办法。

第二天又是碎麦米粥、洗澡、有趣的摄影兴趣小组。我又碰到了这个穿短裤的姑娘，我们对同样的小组感兴趣，互相拍对方，一起拍松树、花朵，一起聊天……她认真地听着我说话。这一切是那么奇怪……

原来又是午休……

那个眼神混浊的巨人又凑到了我跟前。他在我床边坐下来，开始谈论我是不是一个真正的男子汉。显然，这个浑蛋偷偷监视过我，发现了穿短裤的姑娘。

让我们一起来看看，你是不是该有的都有了……

他突然扑到我身上，猛地扯下我的裤子……

"小蠕虫，光溜溜的小蠕虫！"他从我的床边跳开，在房间里大叫着跑来跑去，像疯了一样……

我拉上裤子，哭了起来。

几个巨人开始讨论起我的皮肤上的汗毛特征。

"他完全是光溜溜的！"那个眼神混浊的浑蛋叫着，"就像蠕虫一样！"

　　我穿好衣服，从大楼里出去，走进了昏昏欲睡的白天里，从篱笆中间那个洞爬了出去，沿着酷热的乡镇街道走向远处。松树林的绿荫下有一个小农舍，上面的牌子上写着"邮局"。我拿了一张电报纸，用印刷字体认真写下：

　　爸爸接我回去这儿没法生活。

　　我写下家里的地址，付了五戈比，就走了出去。我突然意识到，我将再也见不到这一切：这条沙地上的路，挺拔的造船用的松树——这是彼得大帝①下令在这儿种的，用这种松树的木头可以做船桅。这里立着成千上万的船桅，摇晃不止：想要乘船离开，梦想着大海……成千上万的桅杆紧紧地互相依偎，那是桅杆幽灵汇聚到一起，形成了桅杆的森林——草原上的沉船之岛。或者是还没诞生的桅杆？这是一个神秘的地方，也很漂亮，可是我不得不离开这儿了，离开碎麦米粥、兴趣小组、穿短裤的姑娘……

---

①　彼得大帝（1672—1725），俄国沙皇，政治、军事和文化活动家，实行了一系列重大的国家管理改革。

这天剩下的时间和第二天早上，我拨开刷子似的松树枝，在营地里走来走去。很遗憾我的夏令营没能圆满结束。很显然，没有这个缘分。甚至那些像螳螂一样在操场上跑来跑去的活泼的少先队员们，也让我觉得可爱起来，但是一道无形的帷幕已经把我和大家隔开了。

快午饭的时候姐姐来了，搭小型"玉米机"来的。我走进大家午休的房间，拿了自己的行李箱……所有人都惊讶地看着我：

"怎么了，这才过了两天——野营才刚开始，一切还早着呢！"

"我姐姐来接我了。飞机在等我们，我们要搭飞机走了。"

他们对我的态度一下子就改变了。多么有分量的词啊——姐姐、飞机。

"再见。"我冷淡地说，用漫不经心的目光最后扫视了一遍这间屋子，怎么也分不出谁是小小的少先队员，谁是愁眉苦脸的巨人。

你别哭，别哭，
我的心中满怀痛苦和忧伤——

这只是故事的开头，

真正的故事还在后头……

这首歌里有的词我不太明白，比如说壮汉。壮汉是什么人呢？

而后来，就像在童话里一样，我们来到了密密麻麻长满荒草的停机场，爬进了小小的绿色飞机，它看起来有点像蝈蝈儿，开始吱吱地叫，然后哗啦哗啦地响起来，向前奔去，摇摇晃晃，突然猛地一跳，就飞了起来。在舷窗的圆孔里只剩下一排松树、营地、房屋和房屋里的躺在床上十分微小的壮汉。

第四章
波涛汹涌的大海

极限的定义

毕业考试是在花开的时节。樱桃花的花蕾像小串珠似的撒在绿叶上；苹果花像幸福的新娘子一样笑着，散发出幽香；丁香花用齐放的焰火向夏天致敬。一发又一发，香味爆炸开来，向外射去，喷洒到整个世界里，刺激得鼻子发痒，再进到肺里，进到血液里，进到一切存在中——进到鸟、兽、人的身体里。

鸟对味道比对什么都敏感。它们停在树枝上，在歌唱中努力摆脱掉那些香气。毕业生必须在这个躁动的时节考试：唱一些晦涩难懂的歌，再给考官们转述童话故事。

我从南方来，我们那儿的苹果花已经谢了，而这儿还能在列宁山①的高层建筑边上看到樱桃树的白色花瓣。我打算报考的那个系的招生委员会门前排起了长长的队伍。一个穿海魂衫的小伙子抓住我的手，把我拉出队伍带到大厅里，有

---

① 位于莫斯科西南，1935—1991年被称为列宁山，现称沃罗比约夫山（麻雀山），是莫斯科的最高处，上有观景台。

人在那儿填写测试题和表格。我们每个人都拿到了一张带照片的纸，凭这张纸进去考试——考验这就开始了。

最难的考试——数学笔试。

一共有五道题，一道比一道难，规定在四个小时内完成。

最简单的那道可以在五分钟内解开，第二道十分钟，第三道十五分钟，第四道半个小时，于是就剩下大概三个小时给最难的那道第五题。

也可以反过来做，从最难那道题开始，然后解四个小时，还是没解开，于是就一道题也没做出来。

我知道应该从最简单那道题开始，这样就可以在一个小时之后做到第五题，然后冷静地做上三小时，虽然很可能还是没做出来。最后我做对了四道题，得了四分。

数学口语考试的年轻考官问了我中小学大纲里的一些知识，给我出了几道题，最后问了我极限的定义。我对这个答案倒背如流，于是平静而快速地回答："对任意一个数 n 都存在一个数 ε……"

之前的问题我都答对了，也就是说，最后这个问题决定着我的命运：四分几乎就意味着考砸了，那样我就不能被录取。要知道竞争很激烈，只有五个名额。考官请我再重复一遍这个定义。我想也没想，就按照原样又朗诵了一遍："对任意一个数 n……"这时候他说："坐下来，把它写一遍。"

我明白关键的时刻到来了……脑子里跟钟表机械结构一样，有什么小零件，一个连接词语和思想的小齿轮掉出来了——现在词语开始自己空转，像一首无韵脚的诗。

对任意一个数 n

都存在一个数 ε……

我像个旁观者似的看了一眼这些词语，这个定义中需要对调一下 n 和 ε 的位置！这样一来更押韵，意思也对了。

我把写好的答案递给考官。他判了一个"五分"。

接下来就简单多了。作文我写了马雅可夫斯基，得了四分——但我也没指望更高。

最后一场考试是物理口试，考官是两个人——一个老头和一个老太太。考签上的问题我答得很流利，但老师后来给的题目不会做。不过，考试快结束的时候我胆子也变大了，开始证明这个题目是错的。考官边听我说边摇头。最后他们问了一个关于气球浮力的无关紧要的问题。然后他们让我出去一下，要商量点什么。我一辈子都记得他们最后的决定：

"你物理学得还不够好，但是我们希望你能够进入大学学习，所以给你打了个较高的分数。"

那种态度我永远也不会忘记——这不是对我的特殊关照，而是这里常有的情况，你无法想象在一个陌生的城市，在一个大国的首都会受到比这更好的对待。我产生了一种感觉，这里的一切都在等待着我的到来！不仅是考官，陌生人也来跟我说话，姑娘们冲我微笑，我和她们中的一个还一起淋了可爱的七月的雨，然后并排着坐在公交车上，在湿漉漉的衣服里瑟瑟发抖。

我顺利地跨过了人生的一道重要门槛，现在我可以在莫斯科的花园和公园里闲逛，朗诵那些我背得滚瓜烂熟的再也没用的诗歌。仿佛是在所有这些椴树、苹果树、樱桃树面前考试似的。

　　我知道——城市——会出现，

　　我知道——花园——会开花，

　　因为——有这样的人们

　　在我们——苏维埃国家！①

　　苹果花谢了，樱桃树上也长出了绿色的小果子，只有椴树花还在疯狂地散发着香气。

大学生之家

　　一年级的时候我们被安排住在"大学生之家"。"家"听起来很亲切，说明大学生不是无家可归的人，他们不是寄居在又破又旧的宿舍里，而是住在自己家中。大学生变成了学习家庭的一员，这个家庭不断从外面接纳新的成员。大学生就是上门女婿——俄罗斯家庭就这么称呼住到新娘家里的女婿。这个家有自己的父亲，一连串父亲——从罗蒙诺索夫

---

① 苏联诗人马雅可夫斯基（В.В.Маяковский，1893—1930）的诗作《库兹涅茨克的建设、库兹涅茨克人的故事》（Рассказ о Кузнецкстрое и о людях Кузнецка）。——译者注

开始，到今天的科学院院士和教授们。那谁是新娘子呢？大学生们娶的是谁呢？他们要跟谁订婚呢？

我们班的一个小伙子甚至还写了一首诗，说对漂亮女士的迷恋从前总是整晚整晚地折磨着他，而现在，求了几个积分之后很容易就睡着了……

就像宗教之于修士，科学对于大学生来说，就是那个要与之私定终身的新娘，他们的身心都完全属于她。当然也有例外——也就是离婚，家庭破裂。没有人能保证这不会发生，修士也可能从修道院逃走，神甫也可能被免去教职。孔子曾有过几千名学生，他们都离开了亲人，把孔夫子奉为父亲。

我们这儿没有孔夫子，但世界上所有的智者、科学巨擘、知识界的海格力斯①们在这里站成了一支长长的队伍，一直延伸到遥远的过去。从神话时代开始，他们像传递接力棒一样传递着知识。每个人都往这个棒子上添加一点自己的东西，接力棒上不断有新的思想在萌芽。当它来到我们面前的时候，已经成长为一棵知识的参天大树，一个人已经不能再搬动它。成百上千的教授、讲师们像蚂蚁一样把这个科学

---

① 海格力斯，希腊神话中的英雄，力大无穷。——译者注

的大家伙团团围住，奋力拉着它向前。或者说，他们是科学的纤夫，被绑在科学这艘巨大的驳船上？

物理系的人用《船夫曲》的调子谱写了自己的颂歌：

嘿，船夫，哼唷：

有可能，物理自己会往前走，

我们教一点，再教一点——还是算了吧

……

脑袋不灵光，

大学生们一直坐着，

弓着背看讲义。

考了一百次试，写完了小论文，

但傻子还是傻子！

当系里的最高领导，也就是系主任在的时候，这首歌唱起来有一种特别的意味：

整个系办公室都炸开了锅，

系主任亲口说：

"学习情况太糟糕。"

我们对此不屑一顾，我们相信，

他自己就是个大笨蛋！

我们在"大学生之家"（准确地说，在三年级以前都住在它的分部里，距离列宁山的莫斯科大学主楼十五分钟步行路程）住得很挤，但过得还不赖。没有什么特别的奇遇发生。精力都花在了学习上，没有人发疯，也没有人从窗户跳下去。但是有一天……具体是哪天不记得了，在圣诞节期间，新年前后，或者已经是谢肉节了？

房子被数十人发出的喊叫声震得发抖。

宿舍里的人一下子从各自的小房间里跳了出来。

汇集了一大群人——一整支游行队伍。

在走廊上、楼梯间里，游行队伍推开人群向前行进着。

学生们用担架抬着一个什么人。

"发生什么了？在送葬吗？谁死了？"

没人能解释清楚这是怎么一回事。

那些抬担架的人大声哭喊着，问他们是没用的。

他们处于一种狂热的状态中，就像在进行中世纪秘密宗教仪式的僧侣。学生们好像变得不由自主起来。游行就像一只多足动物的运动，单个的人似乎已经不存在了。

走在游行队伍后面的人邀请人们加入他们。我怎么也弄不明白是怎么一回事。这时不知从哪儿传来了"仪式"、"礼仪"这样的词——一下子就什么都清楚了。组织这个活动的大学生可能是从农村来的。他们习惯了庆祝送冬节，于是决定在这儿庆祝一年的过去和冬季考期的结束——卡拉琼节①或者类似的什么节日。

我没有加入游行队伍。我不理解为什么要举行仪式，扮演死者的那个人难道不觉得害怕吗？我感觉正在发生的是一个挑衅行为，我们不应该跟超自然的力量开玩笑，可能会有什么不好的后果。

但什么坏事也没有发生。学生们走遍了所有的楼层，最后挤进了某个人的房间里，坐到了摆好的桌子边上，假装哭着唱起了哀歌。"死者"最后复活了，加入了餐会中。

还有一次类似的事，但那次是结婚——一场假装的游戏

---

① 卡拉琼节（Карачун），古斯拉夫的多神教节日，送冬迎春。——译者注

式的婚礼。男孩和女孩都是我们年级的。又聚集了一群学生，大叫着哭号着在走廊里送"新郎"和"新娘"。"新人们"的房间门口糊了一层纸，他们被单独留在里面，然后人们又尖叫着撕破这层纸。

这一切都很奇怪。我那个时候不能理解，怎么能拿死亡和家庭这样的事开玩笑？

微　分

宿舍房间里有四张单人床，其中三张已经堆了别人的东西。我占了第四张——在窗户左边。在我之后又住进来了第五个同学，他不得不睡在房间中央的折叠床上。这个小伙子骨架很大，个子也很高，手和脚都伸到了折叠床外边，他睡懒觉的时候我们很难从那儿经过。我们当中只有尤拉是当过兵以后才进的大学。其他人都是"毛孩子"，才离开家和学校没多久。

伊格尔和阿廖沙都是在物理学家之城杜布纳长大的，他们读的是附属于大学的寄宿学校。伊格尔对各种奇异的论调十分着迷，比如说"我知道得越多，我就会更加明白自己知道得太少"。晚上我跟他一起在列宁山上散步，讨论科学的基础，话题涉及定义、公理、语言和基因。伊格尔让我想起古希腊哲学家苏格拉底，因为对我来说，表达是一件困难的事，我不能把自己混乱的思想那么清晰地表达出来。他的朋友和同乡阿廖沙则更喜欢打网球，不大发哲学议论，我们的第五位住户萨沙来自莫斯科附近的诺金斯克，他也很友好，我们整个宿舍相处得非常融洽。

系里负责学生教学事务的是教务处。那里有一些叔叔阿姨，每两个人负责一个年级，监督我们不逃课，守规矩，准时参加考试。我们几个都在一个班学习，我们有一个学监——有点干瘦的布里奇金。他给我们上数学分析的讨论课。课堂要求让人难以置信——他总是给我们布置一大堆任务，根本没有时间做完。必须要对微分掌握得很熟练，记住那些规则：看看如果对一个函数使用这种有点可怕的运算——微分，能得出些什么。不熟练地运用微分就像在山上骑摩托车——想得出做不到。求微分——这就是在判断一个函数的变化速度。没有经验的学生会被这样的旅行搞得晕头转向。而布里奇金完全不给我们时间反应，一直催一直催，测验一个接着一个。

我们愤怒了，开始抱怨做不完那么多题目。班上有一半同学的测验都得了两分。布里奇金一点也不害臊地说，求微分要求的不是智商，而是练习，都怪你们太懒了。

他讲起了自己的大学时代：

"我们那时候怎么就能做完呢？早上一起来，我就做一会儿微分。吃完早饭，我又做微分，一直做到中午。午饭过后，也是做微分的时间。吃完晚饭到睡觉之前，一定得做会儿微分……"

我们觉得他自己就是因为一直做微分才变得这么干瘦而乏味。没有人想重蹈他的覆辙。很难想象出比这更失败的学监了。我们认真思考起来，难道大学对我们的教育已经到了这样的地步——把人变成机器？难道我们值得为了这样的教育考到这里来学习吗？

头三次测验我都只得了两分，艰难地摆脱着被开除的命运（关于这个我会单独讲）。我永远也不会忘记线性代数的考试——布里奇金给我出了一道又一道题，我都做完了，然后是最后一题。他说完了题目，就站在一边袖手旁观。

我其实可以对他说："让我想一下。"（意思是"别再烦人地催催催了！"）但我是个没经验的学生，还不知道这些神奇的话语，还不会跟老师打交道。就像任何一个学生那样，我在后来才创造了自己的考试理论，找到了顺利通过考试的方法……考试——这是社交行为，只要知道了社交准则，总能够摆脱困境。

什么是思考？这是人类神圣的权利！只有恶魔才会剥夺人的权利！但那次布里奇金一边拽着手里的自动笔，一边拼命催我。我找到了解决方法，并且得出了答案——但是由于紧张我怎么也想不起来自己推出来的方程是什么意思，忘记了它的叫法——双曲线还是抛物线？我眯着眼睛随口说出了想到的第一个词，只是为了他别再烦人地催促！

布里奇金就像一只老鹰似的抓过我的成绩册，郑重其事地写上了"四分"……二十年后，我在电车上遇到了他，那场考试已经像过了一辈子那么遥远。他的皮肤松弛了，变得更加干瘦。他穿得很破旧。一点也不奇怪，现在的学者都不追求时髦……我看了他一眼，惊恐地认出了他——本来想挪开眼睛，但这时他意外地向我点了点头。我们打了招呼。原来他已经不在物理系教课了，他对以前的系说了些不中听的话：

"谢天谢地，总算离开了那儿去了别的地方。现在靠讲大课吃饭。在轻工业学院……已经很久不搞科学啦！"

他怎么认出我的呢？要知道有成百上千的学生从他手上经过，二十年的教学中他给出了几千个成绩！或许那个时候他敏感的嗅觉没有使他上当，当他想把我从系里开除的时候，他是正确的？

求微分——这是一种划分，把谷粒从杂草中筛选出来。

可能我终究不是那种我一直在冒充的人，但是这个密谋藏得太深，假装得太久：写了一堆论文，还完成了毕业论文答辩……

而布里奇金一下子就感觉出来，事情不那么简单，就像微分！

关于会下金蛋的鸡的童话

量子力学——最不可企及而又坚不可摧的学科，就像海上的礁石。要登上这块礁石，需要爬三年系里的花岗岩楼梯，吃掉三十三份奖学金，通过三十三次考试。量子力学的考试是物理学习中的最高峰。克服了这个山头，接下来就是下山的路了，向下，通往毕业证书。之后就不会被开除了。这场考试就像赎罪券，是减免日后罪行的证书。或者说这甚至是一次新生：它通常被安排在冬季考期，新年之后，圣诞节和耶稣受洗节之间，这并非偶然。

我有计划地准备着考试，均匀地复习着所有的知识点——可能就像拖拉机手耕地那样。我尽量不深入到每一个单独的问题里：我们无知的领域是很广阔的，而且大学生的知识是不太扎实的。常常有这种情况，挖掘机在一个地方挖地基坑，挖着挖着自己就掉了进去……二年级那个暑假，我们参加了去远东的建设工作队，到了结雅水电站^①的建筑工

---

① 结雅水电站，在俄罗斯阿穆尔州结雅河上，建于 1964—1980 年。

地。在那儿，我有幸观看了大型挖掘机作业的场景。那时候
我们唱了一首这样的歌：

　　挖掘机在前进，

　　里面坐着年轻的革新家……

　　大学生在准备考试的时候通常只需要挖几个小坑。他在
这门学科里挖啊挖，刚觉得明白了点什么，就不再挖了。接
下来起作用的就是考试技巧了：得放聪明点儿，给老师展示
自己知道的，掩饰自己不知道的。在这方面有许许多多的诡
计可以使用。你要清楚，在这个特异功能的时代，别的学生
会给考官催眠，铺一条小路到老师的心里，或者让这个通常
已经不再年轻的、疲惫的人完全服从于自己。

　　我可以在五天之内准备好任何考试。前三天写下所有问
题的答案，然后用一天半的时间复习这三天没有记熟的内容，
考试前夕则复习这一天半仍没有记熟的内容。量子力学是由
各种公式和那些简明易懂的解释组成的。我开始条件反射地
作答，手自动伸出去随时随地写着公式，嘴巴不断解释着公

式的含义。我已经紧张得神经都有点不正常了。

那些没有特别紧张准备的学生就好了，他们应还有力气跟考官斗智斗勇。我脑袋里装了太多的题目，考试前夜一直担心把它们弄丢了。我什么也不复习了，只是在地板上烧纸：房间中央燃起了烧考签的火堆，公式们逐渐变黄，开始抽搐……脑海里突然浮现出一个问题："隧道效应。"我立刻开始在鼻子底下小声嘟哝，仿佛在重复什么咒语。

"在普通的世界里，一个在小坑中处于静止状态的小球怎么也不会消失。而量子的世界则有另一套规则：那里没有绝对的静止状态。哪怕电子处于能量最低状态，它也是运动着的，迟早会从自己的'小坑'里跳出来。电子穿过这个势垒就像穿过一个隧道，潜入另一个地方，寻找下一个势能最低点。"

房间里开始冒烟：火堆燃尽了。我停止了小声念咒语，打开了窗户，给房间通通风。下面的院子里已经一片漆黑——这是第十五层……

电子一定会从小坑里跳出去。

那么人呢？

心脏开始猛烈地跳动，想要去那儿，去下面……

我爬上了窗台。

院子的深处引诱着我：势能最低点就在下面。

只需要一步。

人就像小球，也想从小坑里跳出来，大脑一直处于运动状态——电子从一个神经元跳到另一个神经元，产生着新的思想。人是微观世界的放大器，从电子的运动中产生出激情、愿望、冲动，一切皆有可能……

我想起了"飞人们"。那些可怜的人们从列宁山的高楼上跳了下去，摔得粉碎。每年都有人被身体里的电子操纵着飞下去。

下面吸引着我，好想俯身看一眼窗台底下。在长时间死记硬背的紧张状态之后，恐惧感舒服地刺激着我的神经，我体会到了一种自由的感觉。

要不要跨出这一步呢？

从窗户跳下去——这太俗套了……

有点冷了，我"砰"的一声关上了窗户。

这天晚上，我做了一个梦：我来到了考场，抽了一张考签。上面写着一个我不知道答案的问题。

怎么会呢？我可是全都复习了啊！

原来有一本书我没读，忘了，漏掉了。而这正是最重要的一本书。

这是一本有彩色图片的大书。

关于会下金蛋的鸡的童话①

我吃惊地看着这只鸡和它下的蛋，这不是普通的蛋，而是一颗金蛋……然后我惊恐地意识到，我不记得后来这个蛋发生了什么。

费了好大劲才想起来一点：

爷爷敲啊敲——没敲破。

奶奶敲啊敲——没敲破……

后来怎么了呢？

我感到非常羞愧，这时候我认出了考官。这是我的第一个老师叶夫多基娅·克利莫夫娜。她责备地摇了摇头：

---

① 《会下金蛋的鸡》(курочка Ряба)，是俄罗斯家喻户晓的民间童话故事。
——译者注

"你这是怎么了，尤拉？那么大的人了居然连'会下金蛋的鸡'的故事都不记得？"

我绝望地意识到要考砸了——永别了，大学教育。然而在恐惧和惊慌中我醒了过来。

丢人，太丢人了……

第二天早上我就去考试，抽到了那张签（当然不是关于鸡的，是关于隧道效应的）。我迅速地写出了公式，讲述了运动状态的电子的消失，得了"五分"。一切都棒极了！学习道路上的巅峰被我征服了，大学被拿下了！我面前是一条令人愉快的向下的道路，通往毕业证书和一份专业对口的工作。

从那以后我经常做同一个梦：关于会下金蛋的鸡的童话——每次我都没通过那场考试——然后吓得醒了过来。

丢人，太丢人了！

不久前我得知，叶夫多基娅·克利莫夫娜去世了。但她还是会出现在我的梦里，用那本彩绘的大书检查我的量子力学知识，书里有一只鸡在下蛋，其中一只蛋不是普通的蛋，而是金蛋。

养蜂场

有一则新闻，国民经济成就展览馆的"养蜂场"陈列馆正在展出先锋派艺术家的画作！我们当然想也不想就去了——翘掉了讨论课和讲座课，向这挤满陈列馆的奇特公园飞奔而去。

长长的人龙弯来弯去，轻轻地挪动着，越来越长，缓慢地爬过蜂巢门——"养蜂场"陈列馆的一个小门。我们尽情地拿民警开着玩笑，他们拿着扩音喇叭喊道："别着急，反正今天你们也赶不及去工作了。"我们还大谈特谈艺术，议论着细密画里的田野和森林。到了陈列馆跟前，迎接我们的不再是警察，而是几个惊慌失措的大胡子——可能，这就是艺术家或者组织者？这些来自另一个世界的人们困惑不解地看着这条巨型人龙，看着它互相推搡着向他们走来。

那里面是什么样子呢？一个镶金绣银、珠光宝气的世界。亲爱的读者，你对艺术有什么期待呢？带来欢乐、新鲜、高雅？还是说邀请你踏上一段旅程，通过它你可以逃离到古代北欧文字的世界、布匿战争的世界、梦境一般的神秘远古世界？

艺术可能会让我们感到痛苦、甜蜜、放松，就像去登一座缺氧的高山……或者是在海边松树林里的疗养院，让你在针叶林里的新鲜空气中喘不过气来。

艺术——你是泪珠和美，轻易挥之不去，你是生活中一切有价值的存在。醇厚的艺术是精华，是玉液琼浆，将它们一点一滴收集起来的是那些心灵脆弱而敏感的人们——艺术家。他们收集着生命的尘埃、生育繁衍的保证……千千万万向日葵、苹果树、花、小麦和葡萄的种子。艺术完成着重要的使命，它在人们中间传递着他们生存繁衍必需的讯息。就像蜜蜂传递着花粉，没有这花粉果实便不能成熟。

艺术是上天赐给每个人的恩惠。对阳光、蜂蜜、神造的世界和各种色彩的感激在人的体内增长扩散。因为这是世界上最重要的存在，是上帝赐予我们的东西，就像空气，就像水。

毫无疑问，这一切都是尘埃，难以捕捉和察觉。不是所有人都活得轻松自在，像花朵一样繁殖。有的人带着哀号和痛苦完成着这一切，对他们来说这是受罪。艺术也有着各种各样的类型。但我们还是回到"养蜂场"陈列馆里的艺术上来吧。

在这里，在这个带栏杆的双层大厅里，我们看到了许多令人惊讶的作品。那个时候我觉得，在看过普希金博物馆的印象派画家和马蒂斯①的作品之后，在翻阅过马列维奇②和康定斯基③的画册之后，我已经能够感受和评判一切可能的艺术形式。所以我对那些不带一点马蒂斯、马列维奇、康定斯基作品的高妙痕迹的画感到愤怒。

后来，我这种坚定的标准被动摇了。我不再能那么勇敢

① 马蒂斯（1869—1954），法国画家，版画家，装饰艺术大师。"野兽派"主要代表人物之一。
② 马列维奇（1878—1935），俄罗斯画家，"至上主义"抽象艺术创始人。
③ 康定斯基（1866—1944），俄国画家，抽象艺术的奠基人之一。

地评价艺术格调的高低（虽然那些糟糕的出卖灵魂的庸俗作品还是显而易见的）。我不再给艺术家所创造的世界打分，而那个展览上正是这样的一些世界——甚至在作品名字中也有一些我这个大学生都不认识的词，至少要读三遍才能会念：启——示——录。

那里的一些画带有一种近乎疯狂的完美。我还记得那些打盹儿的飞龙和优雅地弓着身子的火龙。油画的表面给人一种实在的质感，还有那条粗糙的火龙带来的巨大而可怕的真实感受。这些画的气势令人震撼——宏大、激烈、触目惊心。那儿还有各式各样"搞笑的"展览装饰，带着严肃签名的灭火器，好像它也是重要的展品似的，随时准备熄灭艺术的火灾，一切都带着未知世界的符号。这是极为大胆的狂妄之举——我们这些善于即刻领会一切的大学生在这里也甘拜下风，我们是那样震惊，以至于一时间丢掉了自己的自负，低声地彼此交谈：

"看这个，你喜欢吗？"

"棒极了！"

没有比我们更年轻和勇敢的人了——因为我们甚至能够

征服高等物理——但当我们看着这些画的时候，却不知道说什么，只能为自己的无知感到羞愧。

在那之后二十年过去了，我看过了很多展览。但就像初恋似的，我时常回想起国民经济成就展览馆里的那组展品，那组在"养蜂场"陈列馆的小小的蜂房里的展品。后来我常去各种年轻天才艺术家的展览，跟艺术家们交流，努力想要走进他们的世界。也许是因为在那第一次展览上，我的心里飘进了一粒花粉。那花粉很轻很轻——但没有它就不会有花朵的绽放和苹果的成熟。

布拉戈维申斯克，阿穆尔 ①

布拉戈维申斯克 ②——名字这么奇怪，究竟是怎样的一个城市呢？

它藏在哪里，又怎么能藏起来，不被注意的呢？它怎么

---

① 阿穆尔（Amor），即丘比特。罗马神话里的爱神。

② Благовещенск，俄语意为"报喜城"。俄罗斯远东城市，阿穆尔州首府。中国传统名为"海兰泡"。原属中国，1858 年《中俄瑷珲条约》签订后被俄国割占。——译者注

没有被改名为"新风习"或者"红色光芒"呢？它紧挨着国境线，躲在阿穆尔河①河畔，在帝国的最边上，是一座有着天使名字的城市。

边境上的城市都有一种独特的安静气氛，那是祖国广袤无垠的土地所特有的安静。只有在中部城市人们才争先恐后地大喊大叫，能有边境城市什么事儿呢？那边境城市永恒的职责又是什么呢？坚定地站在祖国边疆，未经允许不放过任何一个人——布拉戈维申斯克像一个哨兵似的静静伫立着，一言不发。

我们在黎明时分飞到了这座城市，对它的地理一点都不了解。这里的国境线在哪儿？哪个国家跟我们一起分占这些山丘，蒙古还是中国？我们沿着街道的向阳面走着——没有碰到一个人，城市好像死去了一样，只好跟着感觉走，前往市中心的方向。很想知道哪里是神秘的国境线？哪个角落里设置了巡逻地带、瞭望塔和带刺铁丝网，而它们后面就是中国——各种极具异域风情的事物？或许我们已经在东方魔力的控制之下了——没有发现已经穿越了国境线，变成了俘

①　阿穆尔河，中国称黑龙江。

房，马上就要被刑讯审问？

迎面碰见了一个活人——一个穿着校服戴着红领巾的小姑娘，一个戴眼镜背书包的五年级学生，典型的优等生。她肯定什么都知道！我们带着讨好的神情向她打听：

"小姑娘，小姑娘，请问中国在哪儿？"

她害怕地急忙躲开，像遇到大灰狼的小红帽。可能是把我们当成了想要越过国界的搞破坏的间谍……

小姑娘迅速拐弯逃跑了，背上的书包压弯了她的腰。不能把包留在敌人那里，就像塔拉斯·布尔巴①丢下自己的烟袋那样。

可能我们有什么问得不对。在这个被国境线切割成碎片的世界里有谁能够帮助我们呢？我们可能会被抓起来关进监狱，被威胁逼问，找中国干什么？夏天的晚上在国境线上干吗？怎么溜到禁区里来的？为什么要往筑垒区的方向去？干吗问小姑娘问题？都打听些什么？

---

① 果戈理（Н.В. Гоголь）的小说《塔拉斯·布尔巴》（Тарас Бульба）里的主人公。——译者注

　　怪就怪我们地理学得太差了……但谢天谢地，这次居然逃过一劫。我们没有被关进监狱，也没有被交叉讯问。我们毫发无损地迅速穿过了安静的小城，来到了河边。

　　河流！是的，河流！我记得父亲告诉我这里有河流，叫作阿穆尔！

　　阿穆尔，阿穆尔！我们沿着河岸跑着，笑着。来远东参加建筑队的大学生们拼凑着自己零零碎碎的知识，回想起来，在这条湍急可怕的河流对岸就是中国——兄弟般的，但又充满危险的，古老的，同时又革命的，真真正正的中国。我们睁大眼睛死死地盯着对岸，但是没发现一点生命活动的迹象。对岸沿河有一些荒山，荒山之间是乏味的乡间土路，这在我们任何一个农村都能见到。完全不值得飞这么远，来看一眼这些枯萎的小灌木、红褐色的草和铺满乱石的山路。中国不肯向我们揭示它的秘密。

　　太阳开始西沉，红得像充血了似的。我们走进夏花园，来到休息公园——这儿在放狐步舞曲，恋人们从城市的各个地方会集到这里，只为了在这个人口稠密的狭窄空地上伴着音乐互相紧贴着，原地踏步，你推我搡。就在这边上，在两棵树之间拉着一块幕布，盒式录像带在机器里咔嗒咔嗒地转着，这是在给孩子们放动画片。另一些喜欢文化活动的人在国际象棋和多米诺牌的战场上厮杀着。

我向河边走去，也就是那条阿穆尔河，"阿穆尔"在一些欧洲语言中意味着"爱"。那这条分隔了两个伟大帝国、有着钢铁般颜色的河流在这儿又意味着什么呢？边防汽艇沿着阿穆尔河在巡逻，船上的烟囱冒着烟，窗户发出亮光。

我坐在堤岸上，让脚往下耷拉着，靠近水，突然听到狗吠声，是那么遥远、可怕、悲伤而又绵长。声音从河对岸传来，来自中国的方向。为什么会有那么多狗聚集在那里？他们又是为什么突然一起叫了起来？我突然清楚地辨别出了人的声音，几千人的巨大合唱队唱着不知名的歌，摇着小铃铛，声音越来越大。似乎有越来越多的人跟着唱了起来。信心满满的合唱队突然拼尽全力发出巨大的声音，唱得那么用力而忘情。

我觉得这声音像是从飞龙的喉咙里发出来的，它在天上把自己的身子一圈一圈缠起来——再伸直。风将空气吹进它强大的肺里。它一边唱一边飞，一边飞一边唱，狗在地上追着它跑，大声叫着。地上聚集了一大群拿着铃铛的人，挥舞着双手和旗帜，驱赶着飞龙……

　　我是在一片漆黑中睁大眼睛看到的这一切：它摆弄着自己缠得紧紧的圈，迟缓地低飞着，成千上万的灯笼恐吓着戏弄着它，不让它降落。它的龙鳞闪耀着光芒，就像远处城市的灯火。

　　风从休息公园那边吹来，各种声音混杂、汇合到一起：古老的中国式喊叫和轻快的狐步舞曲，伴着后者破碎的节奏，城里的美女与驻防军官们正交错着脚步。

　　这是怎样的对立与结合啊，两种文化——古老的东方与稍显年轻的西方！中国人听见我们边防军管乐团吹奏出的轻快华尔兹和狐步舞曲会想些什么呢？……

波涛汹涌的大海

　　九年级的那个假期，我跟爸爸一起去阿纳帕①度假。一路坐火车、公交，到处都是光滑的沙滩连着光滑的海面。海

① 阿纳帕，俄罗斯城市（1846 年设市），位于克拉斯诺达尔边疆区，是黑海沿岸的度假胜地。

水用成千上万条舌头舔舐着沙滩，把沙子浸得透透的，然后又远离沙滩，等待着新一次的冲刷。沙滩发出金色的光芒，苏醒了，呼吸起来，就像一匹马的侧肋。海水在沙滩上书写着轻盈而仓促的泛着泡沫的文字——用千万条舌头说着千万种语言。

我带了一本硬封皮的《普希金诗集》，晚上漫步在空无一人的沙滩上，想象着用鲜红色的字母将这些诗写在漆黑的天幕上。我第一次在没有课程要求的情况下背诵诗歌——自己念给自己：

> 那狂热年代已逝去的欢乐，
> 像酒后隐隐的头痛将我折磨。
> 但是和酒一样，往日的忧郁
> 在我的心中越久就越强烈。①

我的狂热年代是十五岁的时候——冲动和冒险，成功与失败，还有美酒。我的生活就是各种激情交织成的一团，像

---

① 普希金的《哀歌》（элегия）。——译者注

蛇一样相互缠绕着。

　　一大早的海滩上另一些激情被触发了：只要一有人开始往天上抛球，晒太阳的人们的生活仿佛就有了新的意义，所有人的注意力都会转移到那个球上。那些自己不玩的人就开始密切关注别人的比赛。

　　在一旁看来，这游戏有点像当地土著的宗教舞蹈。人们围成一个圈，高举双手站着，像在祷告似的。人们按顺序击球，把这个圆圆的东西抛向空中。如果这个时候有外星人来造访这片海滩，看到这个情景，他们可能会以为这些土著拧下了一个什么怪物的头，现在正高兴地庆祝胜利呢——人们在一片骚乱中把敌人的头颅从这双手抛到那双手，怎么也无法平静下来。

　　这个欢乐的游戏有着非常简单的规则，你击完球后它不能掉到地上。必须让球在空中尽可能久地飞舞。那个失手让球掉到地上的人就是罪魁祸首了。人们会把球传给他们信任的人，要传得尽量顺手，最棒的传球要做到既顺手又有力，既漂亮又惊险，这就叫作完美扣杀。男子汉之间的游戏是由

扣杀和传球组成的，但是游戏里也常有柔情和照顾。小组里
有时会有年轻姑娘，把球传给某个可爱的姑娘，意味着你注
意上她了。观众们都清楚这些规矩，他们注意着圆圈里那些
无声交流着的漂亮女孩和殷勤的男孩。

老人小孩儿都喜欢这个游戏，他们围成一个圈，观察别
人，展示自己，但最适合这个游戏的还是年轻人，他们在这
里相识、相知、相爱，成为一对。从前，年轻人们去游乐场
玩老鹰捉小鸡或者打俄罗斯棒球，现在则是玩排球或者羽
毛球。

一个人的特质在游戏中会清晰地表现出来。人们在这里
体验各种心情，承担过错，面对一些有争议的情况。我在游
戏圈子里认识了一个可爱而率真的小伙子——一个大学生。
这附近有一个大学生运动营。我那个时候对大学朝思暮想，
还去上了函授辅导班，于是这场相遇对我来说成为了一个好
兆头。

一年以后，我考进了大学，开始疯狂地打起了排球。我
曾经跟一个联队参加比赛，我们的训练在人文教学楼里进行。
渐渐地，我习惯了用那里的图书馆，在语文系的阅览室里消

磨时间——虽然我上的是物理系。

　　大学的前三次测验，我都只得了两分，之后我被年级主任（一个长着浓眉毛的矮个子秃顶男人）叫去谈话，他厉声问我：

　　"您的排球打得很好吗？"

　　"还行吧……"

　　"可能您应该考虑一下换所大学，比如说转到体育学院？"

　　我被彻头彻尾地羞辱了一番。主任蛮不讲理地告诫我、监视我——虽然我们年级一共有 500 个人！离期末考试还远着呢，却已经有人建议我思考一下自己的命运和前途了！

　　我最终还是大学毕业了，甚至还一度做过物理系排球联队的队长，年级主任还来给我们加油了。毕业那年，我们联队拿了校排球比赛冠军。作为奖励，我们队得到了去阿纳帕运动训练营的疗养证。我因为已经快毕业了，没能去成。

　　对语文系的定期造访产生了作用，我娶了一个学语言学的姑娘。我们生了一个儿子，就是我现在带来黑海边的这个孩子，只是他喜欢的不是排球，而是足球。

　　不过，这不影响我在海边漫步，观赏黑色天幕上散落在繁星间的鲜红字母：

　　　　但是和酒一样，往日的忧郁
　　　　在我的心中越久就越强烈。
　　　　我的道路凄凉，未来的海洋
　　　　也只会给我带来辛劳和悲伤。

　　谁在掀动着海上的波涛？要知道大海自己是不会如此波涛汹涌的。
　　而我们，用自己的心愿掀动着未来。

附　录

关于自己

　　我出生在南方城市罗韦尼基①，在乌克兰和俄罗斯的边界上，因此我向往着温暖和平等②。在顿涅茨克③的丘陵上，在那些宽广草原和古老山脉的核心地带，埋藏着珍贵的闪闪发光的高纯度煤炭——无烟煤。这种煤是富有光泽的黑色晶体的凝结。它们常常长着长着就长到了你脚下：我们在古老的海底漫步，这里生长着无烟煤，就像一种乌黑油亮的珊瑚。

　　锥形石堆像埃及金字塔一样伫立在荒原上，这是要被送到废石场去的石头。在 1917 年革命之前，也就是在俄罗斯帝国时期，这块土地属于顿河哥萨克军队，划归塔甘罗格县，所以根据出生地来说我是契诃夫的同乡。

　　我小的时候特别喜欢读"一无所知的人"系列，少年时代参加奥数比赛拿了冠军，也因此成为了一个"有所知的人"，

---

① 罗韦尼基，俄罗斯伏罗希洛夫格勒州城市（1934 年设市），铁路车站。
② 罗韦尼基（Ровеньки）和俄语中的"平等"（равенство）相近。——译者注
③ 1924 年前称尤佐夫卡，1961 年前称斯大林诺。乌克兰城市（1917 年设市），顿涅茨克州中心。

进入了莫斯科大学，后来从物理系毕业。因为想要更了解生命，研究生阶段我选择了生物物理学，进入了俄罗斯科学院分子生物学研究所，在此从事脱氧核糖核酸分子物理学研究至今，著有数十篇相关科研论文（例如《"刺激"脱氧核糖核酸分子并研究其反应》）。

我曾三次开始尝试写作，还在小学低年级的时候，我就开始努力写第一篇作品《一无所知的人在火星上》，但最后没有完成。"一无所知的人坐上星际飞船"这句话之后就写不下去了。后来写过几个滑稽戏的剧本，那是阿基米德日[①]的时候在系里台阶上进行的演出，还有在学院里进行的大学生"白菜"[②]演出。

真正开始写作，已经是在毕业论文答辩之后了。那时被成人世界搞糊涂了，想重返儿时的天堂。第一部中篇小说《我的父亲——通讯站站长》是受到萨沙·索科洛夫《傻子学校》[③]的启发。这篇小说在年轻的儿童文学作家中受到了欢迎。为了继续留在这个温暖的集体里，我参与创建了"黑鸡"俱乐

[①]　俄罗斯物理节的前身，起源于莫斯科大学物理系。——译者注
[②]　一种诙谐、幽默、讽刺滑稽的表演，按传统"大斋期的菜"是圆白菜，因而得名。——译者注
[③]　萨沙·索科洛夫，生于 1943 年，俄罗斯作家。《傻子学校》创作于 1973 年。

部。在"黑鸡"俱乐部的第一部作品《喔喔叫》系列（发表
于《奇怪的艺术家》专栏），写的是康定斯基、马列维奇、
夏加尔①和一些现代艺术家，我跟这些现代艺术家中的许多
人至今还保持着友谊。我一直没有意识地打破着儿童文学和
成人文学之间的界线（因此招来了许多批评家的抨击），但
直到不久前才发现德国有一种面向儿童和成人的"双向"文学。

由于那几篇关于艺术家的随笔，我被吸收进了艺术理论
家协会。作为《莫斯科》杂志文化版的评论员，我对现代艺
术中的一个流派十分感兴趣，我把它叫作"宗教仪式般的艺
术"，自己也组织了一系列艺术活动。在吃不饱饭的1990年代，
我在"第三条路"俱乐部里组织关于苏美尔神话和古代多神
教节日的演出，甚至还略有收益。其中一些演出被收进了《俄
罗斯暴力主义》这本书中。

现在我在杂志《电子潘帕斯草原》担任主编。网站为
www.epampa.narod.ru。

---

① 夏加尔（1887—1985），俄国、白俄罗斯和法国画家，犹太人。20世
纪先锋派画家。

用俄语思考

不同的真理

神父巴维尔·弗洛连斯基^①在《真理的柱石与根基》中写道："真理"一词在不同的语言中有着不同的原始含义。在希腊语、拉丁语和伊夫里特语^②中"真理"是以下的意思：

对古希腊人来说，真理是坚定不移的东西——就像河里的石头。

对罗马人来说，真理要求服从——就像上帝或者法律。

对犹太人来说，真理是坚定的誓言——就像一个必然会兑现的承诺。

在俄语中，真理意味着什么呢？

我们的祖先认为什么才是符合真理的呢？

词源（从希腊语翻译过来，指"词语真正的意思"）可以帮助我们回答这个问题。词源字典中解释了词语的起源和它们之间的关系。有两本大的俄语词源字典：一本由法斯默

---

① 巴维尔·弗洛连斯基（1882—1943），俄国宗教哲学家、学者、工程师。
② 伊夫里特语，以色列国语。

尔编纂于 20 世纪中叶，另一本由切尔内赫编纂于 20 世纪末。

从这些字典中可以发现，"真理"一词跟"*истовый*"（真正的，勤恳的，努力的）有同样的词根。古俄语里有"*ист*""*истый*"（真实的，正确的）。乌克兰语中保留了古罗斯人对真理的理解——跟"真理"同根的词 *ісmоmа*——"实质、本质"（通过参考同源的斯拉夫语言，我们能够更好地理解词语的含义）。

什么是"本质"呢？

《达里词典》里说："本质 ① 就是一切活着的东西。"

也就是说，在俄语中"真理"就是生命。

因此人们说，"俄罗斯学者""俄罗斯哲学家"是把生命视为首要价值的一群人，他们在各种物质中寻找着生命的表现。所以《达里词典》的全称叫作"活着的大俄罗斯语词典"也并非偶然。真理对俄罗斯人来说可以和生命一起发生变化，真理不是一成不变的、一劳永逸的东西。真理是复杂而多样的，是会变化的！

抛开刻板印象，对一切僵死无用的东西表示质疑，关注

---

① существо 这个词有两个意思："本质"和"生物"，《达里词典》中应该是对"生物"这个意思进行了解释。——译者注

那些变化，这就是"用俄语思考"。

语言之树和思想之声

人是怎么思考的呢?

一个词是怎么在脑子里催生出下一个词的呢?

尝试用外语思考，你马上就会开始结巴、停顿，就会意识到这是一种怎样的痛苦。这就像是跟不太懂俄语的外国人聊天：只能跟他聊最简单的东西，比如天气暖、日子好、茶水热。但说母语的时候，词语们自己就接连不断地往外蹦，打都打不住。

我们的语言在替我们思考，甚至可以说它在用我们思考。

学者们推测，在很久很久以前有一种原始语，它把所有的民族和部落都联合了起来（记得关于巴别塔的故事吗），这种史前语言的词语就像种子似的，它们在所有人的舌头上生根，发芽，结出果实。现在这些活着的语言可以被分为几个有亲缘关系的语系：俄语属于印欧语系，这个语系包含了几乎所有的现代欧洲语言和一些东方语言，比如亚美尼亚语、印度语和伊朗语。

通过对亲缘语言中的词进行研究，词源学家能够还原出这些词在原始印欧语中的词根。从这些词根里衍生出了属于不同语言的成千上万的词：语言经过千百年的发展和丰富，迎来了词语的大"丰收"！词语不断衍生增长，现在已经长成了一棵巨大的印欧语言之树。

同一个词可能有"一小捆"含义，从这"一小捆"含义中又长出几片叶子，一颗种子也可以发出几粒新芽。快乐、恐惧和对于危险的警示等原始信号都可以成为词语的种子。动物们也交换着各种有助于互相理解的信号。生活在不同动物圈子里的民族可能会模仿它们的声音，比如阿拉伯语里的某些元音听起来就像骆驼的叫声。十七世纪伟大的捷克教育家扬·科缅斯基编写了一个字母表，里面每个发音都跟一种动物有关，比如 M 和母牛的哞哞叫，И 和兔子的咿呀声。

人类是怎么思考的，至今无人知晓。可能词语之间的关联是由它们的发音决定的，而人的大脑就像一个八音盒，里面演奏着不同的旋律。正是这样的声音游戏催生了我们所谓的用词语表达的思想。在我们的潜意识深处，声音穿上了词语的外衣，这个过程是躲着我们进行的，但是我们可以发现其中一些规律。

可以把我们的意愿比作突然吹过语言之树的风。语言之树的叶子开始沙沙作响，我们在脑海里听到这响声，就像我们的思想……发音的相近证明了不同语言中词语的亲缘性，这样的词有时听起来调子不同，但是它们的意思和发音还是很相似。词源学家必须要有敏锐的听力，才能分辨出在不同的语言里用不同符号表示的语音的亲缘关系。发音可能会逐渐发生变化，进入另一种语言的时候，词语的发音就变成另外的样子……

对于不同词语中的同一些语音来说，这种变化的规则是相同的，因此能够追溯出词语的同源性。比如说俄语词"知识"以"*зн*"这个音开头，而在希腊语和拉丁语中"*зн*"读作"*гн*"，从这儿就衍生出了"*гносеология*""*гностика*"和"*агностик*"①这几个词（直译为"不知道的"，用来形容那种声称不知道上帝是否存在的人）。

每个民族都在培育自己的语言之树。民族的心灵就体现在它的生活、习惯、喜欢的词和话语之中。我们对俄语之树感兴趣，因为这棵树是俄罗斯民族在自身的历史中培育起来的。在所有的斯拉夫语言中，俄语是内容最丰富的，用俄语写的书是最多的，现在讲俄语的人也是最多的。几千年来，在无数人的努力下，俄语不断地向前发展着。

---

① 俄语，意思分别是：不可知论、诺斯替教派、不可知论者。——译者注

要弄清楚一个词语的意思，需要看一眼它是从哪个词衍生而来的，最后还要看它在原始印欧语中的词根。说出你跟谁最接近，你的亲人是谁，你的祖先是谁，我就能知道你是谁。把这句名言稍微改动一下，我们就能得出一种理解词语的方法。而且对于这种理解来说，重要的不只是这个词语应该怎么书写，有什么意思，还有它在不同的语言中有着怎样的发音。

在寻找词语的含义的时候，我们可能不得不用上近十种语言：斯拉夫语、德语、希腊语和拉丁语等。但并不需要真正懂这些语言，只要像五年级的学生那样会读拉丁字母就可以了。在词源学字典中可以找到词语的基本含义，问题在于怎么查和查什么。所有人都知道字典里有解释词语含义的资料，但不是所有人都知道怎么运用这些资料，怎么从中提取出词语含义之外的信息。我们努力想要让人明白，在俄语字典里不仅可以找到一些生命的真理，还能发现思维结构（或者说"组织"）本身。

几乎每个词都有几个含义。这些含义乍一看可能相去甚远。比如"*мир*"这个词有两个含义，"和平"和"包围我们的世界"（从前人们被家乡的土地和村社包围着，这就是农民们的世界，"*всем миром*①"这个说法就是由此而来）。为了弄清楚这些意思之间的关系，我们得一起来看一下其他语言里的情况。在俄语的亲缘语乌克兰语中，"*мир*"的意思是"人民"和"和睦"。

如果再深入一点挖掘，会发现斯拉夫语中的"*мир*"跟古印度语中的"*mitras*"（朋友）有亲缘关系，同时又跟欧洲语言中许多表示"可爱的""好的""爱"的词有联系。对世界的态度就像对好朋友一样，要与之友好和平地相处。这样一来，"我们周围的世界"与"和平"就被一连串的意思联系起来了，在人们心中都是美好的、可爱的。因此两个不同的词语含义也变得如此接近，它们不再被认为是相互分离的——"包围我们的世界"就应该是平静的、可爱的、友好的。（需要注意的是，在十九世纪这两个意思的写法不同——一个是"*мир*"，一个是"*мip*"，但在这之前的古俄语词"*мир*"，将两个意思结合在了一起。）

通过这个例子，我们就能很好地理解研究"共同意识"的重要方法：进行比较研究，把不同语言中关于词语的不同认识放到一起。如果第一眼看过去，词语的几个含义相去甚远，

---

① 俄语，大家一起。——译者注

那么它们在生活中往往很接近。我们的思考是靠语言自身完成的——依靠词根、词语间的关系和谐音。

"自己的"和"公共的"之间的文字游戏

我们来尝试一下弄清楚俄语中的"*рабство*①"和"*свобода*②"是什么意思。"*раб*"的情况最简单。俄语里这个词跟"*ребёнок*③"同根,是指需要照管的人。"*рабство*"这个词,在亚洲和埃及的古代社会史中具有的那种基本含义,在俄罗斯历史中是没有的。在俄罗斯,主人、佣人和孩子一起在同一个屋檐下躲避寒冷。亲人一般的关系将佣人和主人联系在一起。历史学家阿波隆·库兹明和生物学家亚历山大·马雷金不约而同地在自己的专著中得出过这样的结论:俄罗斯大地上不存在"传统的"奴隶制关系。

"*свобода*"跟古罗斯④词"*собьство*"和"*свобьство*"有亲缘关系,这两个词的意思分别是"同一性"和"个性"。此外,这一整"株"同源词来自于原始印欧语中的"−*su*",

---

① 俄语,奴隶制。——译者注
② 俄语,自由。——译者注
③ 俄语,孩子。——译者注
④ 古罗斯也称基辅罗斯,是9—12世纪初位于东欧平原的早期封建国家,是俄罗斯、白俄罗斯、乌克兰三大民族(国家)的共同渊源。

词语"*свой*①"和另一个在古俄语中表示"村社大会"的词也是由"−*su*"衍生而来。俄语中的"*свобода*"一词处于一个交界线上，处于"自己的"和"公共的"这两个概念相互渗透、相互结合的位置。有趣的是，《历史词源字典》的作者自己也忍不住这样写道："自由这个概念最开始是跟'从属于自己的集体、自己的氏族、部落、部族'这个思想相关联的。"一个俄罗斯人只有在自己人之中才感到自由，否则他就不是自由的，是孤独的。自己人——与其说是讲俄语的人，不如说是让俄罗斯人感到心灵亲近的人，无所谓语言和民族。俄罗斯人在异国他乡也寻找着"自己人"，他也愿意将外国人接纳为自己的亲人。

自由意味着开阔的眼界。一个人应该能够看到所有的可能性，那个时候他才能选择出属于自己的道路。早在婴儿时期，当一个人学习着母语的时候，他的脑子里就形成了一种意识，这种意识将他与整个民族的全部知识联系起来。在思考的时候，我们不仅在无意识地投入自己的力量，也受到汇聚了民族经验与智慧的语言的帮助。而那些明白这个道理并且在幼儿园和小学教育之后依然继续发展着自我的人们，就

---

① 俄语，自己的，自己人。——译者注

有机会更深地了解这个世界和自己，有机会活得更加充实而自觉，活得像一个理性人，而不是一只鹦鹉或者长尾猴，只知道人云亦云或模仿别人的嘴脸，高高兴兴地模仿了一辈子，却不知道那背后的含义。

"*чужой*①"这个词来自哥特语，哥特族人对俄罗斯人来说就是外人。我们的任务是理解自己的一切，掌握俄语丰富的精神内涵，理解本民族的精神气质，也就是所谓的自我觉悟。而其他的民族也可以进行自我觉悟，因为外人就是另一些人的"自己人"。"*другой*②"这个词如果用俄语的思维方式来解释就是指"*друг*③"，俄罗斯人愿意跟任何别的民族成为朋友。可能正因如此，"*русский*④"这个词才是形容词。我们可以说："俄罗斯德意志人""俄罗斯鞑靼人""俄罗斯亚美尼亚人""俄罗斯犹太人""俄罗斯希腊人"。所有这些民族都可以在一定程度上认为自己是俄罗斯人，只要他们把俄语当作自己的母语。因为俄罗斯人就是指热爱自己的祖国、自己的历史和俄语的人……一个人的心灵存在于他的

① 俄语，外人的，外人。——译者注
② 俄语，别的，其他的。——译者注
③ 俄语，朋友。——译者注
④ 俄语，俄罗斯的，俄罗斯人，既可以是形容词也可以是名词。——译者注

语言中。

"一个人知道多少种语言，就过着多少种生活。"这是一句亚美尼亚谚语。所以应该从母语开始，创造出与之相应的生活。

词语和它的含义交织在一起，像大脑里错综复杂的神经元，又像茂密的花园里纠缠在一起的树根和树枝。在这个花园里有矮小的灌木，又有参天巨树，这些参天巨树决定了我们意识中最重要的东西。在俄罗斯文化的花园中这棵参天巨树就是"*общий*①"（由此衍生出了"*общество*②" "*сообщение*③" "*община*④"），"*общий*"是俄语中与其他词联系最多的词，很多重要的概念都是借助它才得以被理解的。可以编这样一种字典，里面的词是根据它在各种语言中的重要性和文化意义来排序的，这样就会发现不同语言不同民族之间的差异所在。我们这里讨论的关于俄语的问题不只与各种斯拉夫语相关联，也与所有的印欧语系亲缘语有联系。

除了印欧语系之外，还有包括阿拉伯语、希伯来语的闪

---

① 俄语，公共的。——译者注
② 俄语，社会。——译者注
③ 俄语，通知，公告。——译者注
④ 俄语，公社，村社。——译者注

含语系，以及汉藏语系，每个语系都有自己的偏好，有自己更喜爱和重视的东西。当然，没有一个人是完全局限在他所讲的那种语言里的，你可能会遇到比土生土长的俄罗斯人、跟你性情更接近的中国人。随着历史发展，民族之间可能更加亲近也可能更加疏远，但总的来说，民族在语言的帮助下得以定型，可能正因如此我们的祖先才把民族叫作"*язык*①"。

语言就像一个巨大的苹果园，只是这里的树上长的不是苹果而是词语。思想家就是进园子里采摘苹果的人。他走近一棵树，开始摇，多汁的苹果从枝头散落下来，落到地上、肩上、头上，敲打着他的脑袋，就像著名的牛顿的苹果。这样就产生了小说、童话、神话、传说或者历史故事。如果加上一点规则，词语还可以形成科学。收集苹果的时候不是以随机的方式，而是按计划来：比如我们先摇动安东诺夫卡苹果，然后是斯密林卡苹果、果尔根苹果、史特力费利苹果②，接着就可以坐在迷人的苹果树下，把战利品在草地上摆开。

---

① 俄语，语言、民族、舌头。——译者注
② 以上是俄罗斯苹果种类，除安东诺夫卡苹果外，均为译者音译。——译者注

海边相会

　　成人和孩子在儿童文学中相遇，成年的作者遇上的年幼的读者。相互信任的对话需要建立在平等的基础上，作者身体里的孩子和读者身体里的孩子进行对话。童年时代由于它的本能性特征可以被比作海洋，而成年时期由于它的重要性常被比作陆地。但陆地上也有水，也有强大的自然现象，一个美好的成年人身体里一定住着一个孩子。

　　作家在童年的海边跟读者相会，在那个陆地与海洋交会的岸边。孩子渴望成熟，他需要成年人的那种自由，他想跟成年人拥有同样的权利——他也想决定自己的命运。大人则怀旧，他想寻回孩子所拥有的自由。这种相互的吸引创造出了信任的空间，这就是文学的土壤。要知道一个好作家之于读者就像一个引路人之于盲人。一个看得入迷的读者对字母以外的一切，都是充耳不闻视而不见的。

　　一本书就像一座沙子堆的城堡，迎接着读者的到来，这座城堡是孩子和大人一起堆的。比读书更有趣的是在书中玩耍，也就是跟别人一起堆砌这座城堡。生活越来越复杂，书也是。只有同样复杂深刻的人才能充分理解它们，对这样的人来说，书就是另一个人的足迹，阅读则是一种交流方式。

图书在版编目（CIP）数据

笑与哨 /（俄罗斯）尤里·德米特里耶维奇·涅奇波连科著；杨笛译.— 北京：
中国国际广播出版社，2016.10
（中俄文学互译出版项目·俄罗斯文库.少年文学丛书）
ISBN 978-7-5078-3874-9

Ⅰ.①笑… Ⅱ.①尤…②杨… Ⅲ.①儿童小说—短篇小说—小说集—俄罗斯—现代
Ⅳ.①I512.84

中国版本图书馆CIP数据核字（2016）第187184号

《中俄文学互译出版项目·俄罗斯文库》由中国国家新闻出版广电总局和俄罗斯出版
与大众传媒署批准，中国文字著作权协会和俄罗斯翻译学院负责组织实施。

笑与哨

出 品 人	宇 清
策 划	王钦仁
统 筹	张娟平 祝 晔 李 卉
著 者	［俄］尤里·涅奇波连科
译 者	杨 笛
责任编辑	张娟平
版式设计	国广设计室
责任校对	徐秀英

出版发行	中国国际广播出版社 ［010-83139469　010-83139489（传真）］
社 址	北京市西城区天宁寺前街2号北院A座一层
	邮编：100055
网 址	www.chirp.com.cn
经 销	新华书店
印 刷	环球东方（北京）印务有限公司

开 本	880×1230　1/32
字 数	111千字
印 张	6.75
版 次	2016 年 10 月 北京第一版
印 次	2016 年 10 月 第一次印刷
定 价	35.00元